KB138533

The Adventures of Tom Sawyer

The Adventures of Tom Sawyer

# 톰 소여의 모험

Mark Twain 원작 | 천선란 추천

1판 1쇄 인쇄 2024년 7월 25일 | 1판 1쇄 발행 2024년 8월 16일

엮은이 류근원 | 그린이 유현아
펴낸이 정중모 | 펴낸곳 팡세미니 | 등록 1988년 1월 21일(제406-2000-000202호)
편집장 서경진 | 편집 정혜연, 김보라 | 디자인 권순영
마케팅 김선규 | 홍보 고다희 | 온라인사업 서명희
제작 윤준수 | 영업관리 구지영 | 회계 홍수진
주소 경기도 파주시 회동길 152
전화 031-955-0700 | 팩스 031-955-0661 | 홈페이지 www.yolimwon.com
전자우편 bbchild@yolimwon.com
ISBN 978-89-6155-531-9 04800, 978-89-6155-907-2(세트)

어린이제품안전특별법에 의한 제품 표시
제조자명 파랑새 | 제조년월 2024년 7월 | 제조국 대한민국 | 사용연령 8세 이상

The Adventures of Tom Sawyer

# 톰 소여의 모험

마크 트웨인 원작 | 천선란 추천

팡세
미니

영웅에게는 마을이 필요하고,
모든 아이는 영웅이 될 수 있다.

# 차례

말썽꾸러기 톰 15

두근두근 첫사랑 35

공동묘지에서 생긴 일 49

해적단 두목이 된 톰 71

장례식에 나타난 꼬마 해적들 87

베키는 내 사랑 103

정의의 증인이 되다 123

유령의 집 137

용감한 허크 159

힘내라, 톰과 베키 171

십자가 아래 2호의 비밀과 보물 187

멋진 산적이 될 거야 201

## 우리는 모두 마을을 정복하며 자란다

모험에는 마을이 필요하다. 그것은 평범했던 아이가 영웅이 되는 필수 조건이다. 영웅에게는 마을이 필요하고, 모든 아이는 영웅이 될 수 있다. 그리고 여기서 마을이란 어른에게 빼앗기지 않은 공간이어야 한다. 우리는 모두 마을을 정복하며 자란다. 그 과정에서 우리는 잔인하고, 포악하고, 비열함과 동시에 선량하고, 정의롭고, 용감하다. 이처럼 모험은 아이를 다채롭게 성장시킨다. 아이의 모험은 절대 가볍지 않다. <톰 소여의 모험>에서의 톰은 살인 사건을 목격하고, 친구들과 가출

하고, 미지의 공간을 탐사한다. 그 과정에서 톰은 범죄를 목격하고도 묵인한 것을 반성하고 끝내 그것을 바로잡는다. 그렇게 어른들은 잊고 지내고 알지 못하는 마을의 구석구석을 돌아다니며 해적이 되기도 하고 파수꾼이 되기도 하며 탐정이 되기도 한다. 톰은 모험을 통해 용기를 얻고, 문제를 해결하고,

성장한다. 우리에게는 그저 개구쟁이처럼, 마을의 골칫거리처럼 보일 수 있으나 아이는 이렇게 마을을 정복하고, 세계를 맞닥뜨리며 자라나는 것이다.

&lt;톰 소여의 모험&gt;을 읽으며 어린 시절 내가 모험했던 마을의 저수지를 떠올렸으며, 동시에 텅 빈 놀이터를, 빼앗긴 아이들의 마을을 생각했다. 마을은 누구보다 아이들에게 중요한 곳. 아이들의 밑거름이자, 처음으로 만나는 우주이자 첫 번째 정복지이다. 이제는 아이에게서 빼앗은 마을을 돌려주어야 할

때, <톰 소여의 모험>을 통해 아이들이 모험을 꿈꾸었으면 좋
겠고 어른들은 아이들에게 마을을 돌려줬으면 하는 바람이
생긴다. 모든 아이가 톰처럼 마을을 모험할 수 있기를.

소설가 천선란

The Adventures of Tom Sawyer

톰 소여의 모험

# 말썽꾸러기 톰

폴리 이모는 화가 머리끝까지 부글부글 끓어오르기 시작합니다.

"아, 혈압 올라. 톰 이 녀석, 또 어디로 도망친 거야?"

폴리 이모는 소매를 팔꿈치까지 걷어 올리며 입술을 잘근잘근 깨물었습니다. 얼마나 화가 났는지 씩씩거리는 숨소리가 대문 밖까지 들려올 정도입니다.

"이 녀석, 어디 들어오기만 해 봐라. 오늘은 정말 가만 안 둘 거야."

폴리 이모는 대문 밖에서 톰이 나타나기만을 기다립니다. 그러다 금방 돌아서고 말았습니다.

"어휴, 그러잖아도 울타리를 대문 삼아 다니는 녀석이 이쪽으로 올 리가 없지."

그러면서도 폴리 이모는 가슴 한구석이 찡하게 아파집니다. 사랑하는 언니가 세상을 떠나면서 잘 키워 달라고 부탁한 조카 톰. 그런데 아들인 시드와 똑같이 잘 대해 주려고 하다가도 톰의 하는 짓만 보면 그런 마음이 확 달아나 버리고 맙니다.

"도대체 누굴 닮은 거야? 하지 말라는 짓만 골라서 너 하니 이거야 원. 시드야, 톰 못 보았니?"

"엄마, 못 보았어요. 또 어디서 싸우고 있는 게 분명해요."

"어휴, 오늘은 그냥 지나칠 수 없다. 들어오기만 해 봐라."

폴리 이모의 한숨에 금방이라도 대문이 무너져 내릴 것 같습니다. 그도 그럴 만합니다. 톰은 툭하면 학교를 빼먹고 숲과 강에서 놀다 옵니다. 교회에서도 첫손가락 꼽는 장난꾸러기입니다. 집에선 허락받고 먹어야 하는 과자와 잼, 설탕을 길고양이처럼 살금살금 훔쳐 먹기 일쑤입니다.

톰은 저녁때가 다 되어서야 어슬렁어슬렁 나타 났습니다.

"폴리 이모의 회초리가 또 인정사정없이 춤을 출 텐데, 어쩜 좋지?"

그러다가 무릎을 탁 쳤습니다.

"킥킥킥, 분명히 이모는 대문 뒤에 숨어 있을 거야. 내가 나타나면, 이모가 요놈 하며 회초리를 휙휙휙."

톰은 울타리 구멍으로 빠져 창문을 넘어 방 쪽으로 살금살금 기어갔습니다. 방문을 여는 순간, 톰은 비명을 지르고 말았습니다.

"으으으아악, 이모!"

"내가 대문 뒤에 숨어 있을 줄 알았지? 어림없다, 이 녀석아."

폴리 이모의 알밤이 쉬지 않고 톰의 머리에 쏟

아졌습니다. 톰은 양손으로 머리를 얼싸쥐었습니다.

"이모, 정말 미안해요."

"도대체 옷이 이게 뭐야? 아침에 깨끗한 옷을 입혀 학교에 보냈더니만 흙투성이잖아. 가만, 얼굴에 상처도 있고. 어휴, 또 싸웠어? 아, 혈압 올라. 톰, 넌 내 조카가 아니고 원수야, 원수!"

폴리 이모는 부들부들 떨며 톰을 한참 동안 노려보았습니다.

'좋아, 내일 토요일이겠다. 너 어디 하루 종일

일 좀 해 봐라. 손에서는 쥐가 나고, 허리는 시큰 시큰, 땀도 질질 흐르게. 톰, 넌 내일 죽었다. 호호 호.'

폴리 이모가 입가에 미소를 짓자 톰은 온몸에 소름이 팍팍 돋았습니다.

'차라리 회초리로 때리시지. 이모의 미소만 보면 그다음 어떤 일이 닥칠지 정말 무섭단 말이야. 이모의 저 미소가 무엇을 의미하는 것일까?'

다음 순간, 폴리 이모의 목소리에 사랑이 가득 배어 나왔습니다.

"토옴, 내일은 토요일이니까 학교 쉬는 날이야. 내일 울타리에 페인트칠 좀 해야겠다."

"누, 누, 누가요, 이모?"

"누구긴, 이모가 제일 사랑하는 토옴이지. 기왕 하는 거 멋있게 칠해야 한다, 알았지? 이모는 세상에서 널 제일 사랑한단다. 그렇지 않니, 토옴?”

‘휴, 제발 토옴이라 부르지 마세요. 두 번만 사랑하시면 저는 숨 막혀 죽을지도 몰라요.’

이튿날 아침, 눈곱을 떼고 긴 하품을 하는 톰의 귀에 폴리 이모의 부드러운 목소리가 날아왔습니다.

“토옴, 어서 일어나야지? 세수하고 밥 먹고 오늘 할 일 잊어버리면 안 된다. 알았지? 사랑하는 토옴.”

“으아악, 이모. 제발 그냥 톰이라고 불러요. 토옴이라고 다정스레 부르면 소름 돋아요.”

창 너머 파란 하늘엔 하얀 구름이 둥실둥실 떠가고 있었습니다.

‘휴, 저 구름처럼 훨훨 날아가고 싶어. 새들 노랫소리, 장미꽃 향기, 오늘 난 어떡하라고!’

　한참 후, 톰은 흰 페인트 통과 긴 손잡이가 달린 페인트 붓을 들고 울타리 앞에 섰습니다. 울타리를 올려다보는 톰의 입에서는 한숨이 푹푹 새어 나왔습니다.

　'어휴, 잠깐 쳐다보았는데도 고개가 아플 정도니 이걸 어쩐담. 하루 종일 칠해도 끝나지 않을 것 같아. 다른 친구들은 룰루랄라 신나게 노는 토요일인데.'

　톰은 긴 붓에 페인트를 묻혀 울타리 꼭대기부터 칠하기 시작했습니다.

　그때 짐이 커다란 물통을 들고 나타났습니다.

짐은 폴리 이모네 집에서 일하는 게으름뱅이 하인입니다.

"짐, 너 마침 잘 왔다. 내가 너 대신 물을 길어 올 테니까 페인트칠을 해 줄래?"

"안 돼요, 도련님. 마님이 아시면 전 무지무지하게 혼나요."

"야, 들키지 않게 하면 되지. 이 페인트칠, 아주 재미있어. 게다가 내가 아끼는 것도 줄게, 응?"

톰은 주머니에서 무엇인가를 꺼낼 듯 말 듯 하며 짐을 꼬드기기 시작했습니다. 짐도 호기심에 톰의 주머니에서 손이 나올 때를 기다렸습니다. 톰이 주머니에서 꺼낸 것은 하얀 구슬이었습니다. 짐은 마른침을 꿀꺽꿀꺽 삼켰습니다.

"어때 좋지? 이거 너 줄게, 나하고 바꿔서 일하자고. 자자, 너 가져."

그때였습니다. 짐의 얼굴에 무서움이 휙 지나갔습니다. 그러더니 물통을 들고 후닥닥 도망치는 것이었습니다.

"도, 도, 도련님! 마님이, 마님이!"

폴리 이모가 나타난 것이었습니다. 톰은 시치미를 떼고 휘파람까지 휙휙 불며 페인트칠을 하기 시작했습니다. 페인트 똥이 모자 위로 뚝뚝 떨어졌습니다. 톰의 입은 쉴 새 없이 삐쭉삐쭉, 고개는 욱씬욱씬 아프기 시작했습니다.

그러면서도 머릿속은 온갖 생각들로 가득 찼습니다.

'어휴, 조금 있으면 친구들이 나타날 텐데. 내 모습을 보면 무지 놀려 댈 텐데. 어떡한담, 무슨 좋은 방법이 없을까?'

그러다가 톰은 무릎을 탁 쳤습니다.

'그래 그거야. 녀석들, 내 기막힌 방법에 안 속고는 못 배길걸. 나타나기만 해라, 킥킥킥.'

조금 후, 벤이 나타났습니다. 마치 큰 배의 선장이라도 된 듯, 뱃고동 소리를 붕붕 내며 나타났습니다. 먹음직스러운 사과까지 아삭아삭 먹어 가면서…… 톰의 입에 침이 고이기 시작했습니다.

'킥킥킥, 조금 있으면 내 꾀에 넘어오지 않고는 못 배길걸. 그 사과도 조금 있으면 내 거다.'

톰은 못 본 체하며 페인트칠에 모든 정신을 쏟는 척했습니다. 벤이 가까이 와도 일부러 못 본 체했습니다.

"톰, 고생 많구나. 아휴 불쌍해, 얼마나 힘이 들까? 크크크."

그래도 톰은 못 들은 척 열심히 페인트칠만 했습니다.

"야, 너 귀가 잘 들리지 않니? 어쩜 좋아, 페인트칠하다가 귀까지 먹었나 봐. 불쌍한 톰!"

벤의 목소리가 커졌습니다. 그제야 벤의 목소리를 들은 척, 톰은 천천히 고개를 돌리며 환한 미소를 지었습니다.

"아, 벤이었구나. 미안해, 페인트칠하는 게 너무 재미있어서 네 목소릴 못 들었어."

"뭐라고? 페인트칠이 재미있어서 내 목소릴? 세상에 페인트칠이 재밌다니."

톰은 벤을 무시하며 페인트칠을 한 뒤, 서너 걸음 물러서서 칠한 곳을 바라보며 고개를 끄떡끄

떡 갸웃갸웃 이상한 행동을 되풀이했습니다.

그러는 톰의 행동에 벤은 호기심이 생겼습니다.

"톰, 나도 해 보자."

"나도 그러고 싶지만 안 돼. 우리 폴리 이모가 길가 쪽, 이 울타리에 신경을 쓰시는 거 너도 알잖아. 내게 얼마나 신신당부를 하셨다고."

"야, 톰. 그러지 말고 조금만 칠해 보자."

톰은 웃으면서 고개를 흔들었습니다. 그러자 벤은 더욱 안달이 났습니다.

"야, 톰. 이 사과 줄게, 한 번만 칠해 보자. 응? 폴리 이모도 지금 안 보이잖아. 제발 한 번만, 톰!"

톰은 마지못해 사과를 받는 척하며 페인트 붓을 벤에게 건네주었습니다. 벤은 온몸이 흠뻑 젖도록 칠을 해 댔습니다. 톰은 나무 그늘에서 사과를 먹으며 얼마나 웃었는지 모릅니다. 벤뿐 아니라

지나가던 친구들마다 톰의 연극에 속아 넘어갔습니다. 톰은 땀 한 방울 흘리지 않고 페인트칠을 끝냈습니다.

어디 그뿐인가요? 페인트 붓을 건네주며 받은 구슬, 유리병, 장난감 병정 등으로 주머니가 불룩해졌습니다.

톰은 어깨를 으쓱거리며 가벼운 발걸음으로 폴리 이모에게 갔습니다.

"뭐라고, 벌써 다 칠했다고? 너 또 무슨 일 꾸미려고 거짓말하는 거 아냐?"

"이모, 의심스러우면 가 보세요."

폴리 이모는 벌어진 입을 다물 줄 몰랐습니다. 페인트를 한 번만 칠한 것이 아니고 그 위에 덧칠까지 해서 아름다운 울타리가 되어 있는 것이었습니다.

'우리 톰이 얼마나 고생을 했을까? 톰이 이렇게 열심히 한 것은 정말 처음이야. 그런데 이상하게도 옷이 땀에 하나도 안 젖었네?'

폴리 이모는 고개를 갸웃거리며 톰에게 사과를 선물로 주었습니다.

The Adventures of Tom Sawyer

톰 소여의 모험

# 두근두근 첫사랑

톰이 제프 대처 판사네 집 앞을 막 지나칠 때였습니다. 정원에 누군가 서 있는 모습이 언뜻 보였습니다.

"어, 누구지? 처음 보는 모습인데."

톰은 정원을 몰래 엿보았습니다. 금발의 갈래머리, 푸른 눈의 여자아이가 하얀색 원피스를 입고

서 있었습니다.

"아아, 하늘에서 내려온 천사 같아. 저렇게 예쁠
수가!"

가슴이 쾅쾅 뛰기 시작했습니다. 집으로 가야
하는데도 발걸음이 떨어지지 않았습니다.

"아, 저 애에게 어떻게 말을 걸어야 할까?"

첫눈에 반해 버린 톰은 제정신이 아니었습니다.

그러다 둘의 눈이 마주쳤습니다. 여자아이는 얼
른 눈길을 돌렸습니다.

'아아아, 분명히 날 보았어!'

톰은 그 자리를 떠날 수가 없었습니다.

한참 후, 여자아이는 집으로 들어가면서 울타리
너머로 팬지꽃 한 송이를 톰에게 던졌습니다.

'이건 나에게 관심이 있다는 증거야.'

톰은 팬지꽃을 품속에 간직했습니다. 집 쪽으로

돌아서려고 했지만, 도저히 발걸음이 떨어지질
않았습니다.

'틀림없이 그 애가 다시 나타날 거야. 그러면 멋
지게 내 소개를 해야지.'

그러나 여자아이는 다시 나타나지 않았습니다.
날이 어둑어둑할 때까지 끈질기게 기다렸지만 끝
내 볼 수가 없었습니다.

톰은 타박타박 집으로 향했습니다.

"아, 그 애의 이름은 무엇일까? 우리 학교로 전
학 온 것은 아닐까?"

톰의 가슴은 물음표로 가득 차 금방이라도 터질
것만 같았습니다. 팬지꽃에서 여자아이의 목소리
가 폴폴 새어 나오는 것 같았습니다.

집에 돌아와서도 콩콩 뛰는 톰의 가슴은 가라앉
질 않았습니다. 머릿속에는 온통 그 여자아이 생

각뿐이었습니다. 눈을 떠도, 눈을 감아도 여자아이의 얼굴이 스르르 나타나는 것이었습니다.

톰은 참을 수 없어 늦은 밤 몰래 집을 빠져나왔습니다. 여자아이의 집 이층 창문에서 불빛이 새어 나오고 있었습니다.

"아, 나의 아름다운 천사가 저 방에 있을 거야. 조금 후면 창문이 열리고 내가 와 있는 걸 알면, 아아아아아."

톰은 울타리를 뛰어넘어 창문 아래로 살금살금 다가갔습니다. 금방이라도 창문이 열리며 여자아이가 나타날 것만 같았습니다.

그때 정말 창문이 열렸습니다. 아아, 톰은 고개를 바짝 들고 창문을 올려다보았습니다. 그런데 웬 아주머니의 얼굴이 나타나는 순간, 바가지의 물이 창문 아래로 인정사정없이 쏟아지는 것이었습니다.

'으아아악, 톰 살려!'

톰은 후닥닥 울타리를 넘었습니다. 식식거리며 돌 한 개를 주워 냅다 던졌습니다.

쨍그랑, 어둠 속에서 유리창 깨지는 소리가 더욱 크게 들렸습니다. 톰은 어둠 속으로 줄행랑을 놓았습니다.

며칠 후, 톰은 학교 가는 길에 허크를 만났습니다. 마을 어른들이 무척 싫어하는 허크는 일 년 내내 누더기를 입고 다닙니다. 신발도 신지 않고 아무 데나 누워 잠을 자는 허크가 톰은 얼마나 부러운지 모릅니다. 언제나 폴리 이모의 잔소리에서 벗어나고 싶은 톰에게 허크는 부러움의 대상이었습니다.

'휴, 난 언제쯤 허크처럼 자유롭게 지낼 수 있을

까?'

허크는 고양이의 사체를 들고 신바람이 났습니다.

"톰, 이 바짝 마른 고양이 몸으로 우리 몸의 사마귀를 떼는 거 모르지?"

"죽은 고양이로 사마귀를? 어떻게 하는 건데?"

"사람이 죽어서 공동묘지에 묻히면, 이 고양이 몸을 들고 공동묘지에 가는 거야. 그러곤 유령이 나타나 묘지에 묻힌 사람을 데려가려고 할 때……."

"그래서 어떻다는 거야? 뜸 들이지 말고 빨리 말해, 허크."

톰은 허크에게 바짝 다가갔습니다. 톰의 입에서는 마른침 넘어가는 소리가 꼴깍꼴깍 터져 나왔습니다.

"유령이 묘지에 묻힌 사람을 데려가려고 할 때,

　　고양이를 내던지며 이렇게 소리치
는 거야. '유령은 시체를 데려간다. 고
양이는 유령을 따라간다. 사마귀는 고양
이를 따라간다. 이것으로 마지막 작별이
다!'라고 말이야."

"그러면 어떻게 되는데?"

"사마귀란 사마귀는 몽땅 다 떨어져 나
가지."

　　톰과 허크는 벌써 공동묘지에 도착해
있는 듯한 착각에 빠졌습니다.

"야, 허크. 정말 재미있겠다. 지금 당장 공동묘지로 가자. 그러잖아도 학교 가기 싫었는데⋯⋯."

"이 바보야, 유령이 낮에 나타나는 거 봤어? 유령은 밤에만 나타나잖아. 그러니까 오늘 밤 열두 시에 만나자. 내가 고양이 울음소리로 신호를 보내면 나와, 알았지?"

"그래, 알았어. 이크, 오늘도 지각이네. 또 혼나겠다. 허크, 이따 보자."

톰은 학교로 허겁지겁 달려갔습니다. 몰래 교실 문을 열고 살금살금 걸음을 옮겼지만 선생님에게 들키고 말았습니다.

"톰, 이럴 줄 알았다. 오늘은 왜 또 늦었지? 꾸물거리지 말고 빨리 대답해."

"저, 학교 오는 길에 허크를 만나서⋯⋯."

"허크 녀석과는 어울리지 말라고 했지. 손바닥

이리 내."

톰은 회초리가 뚝뚝 부러질 정도로 맞았습니다.

"정신 차려, 이 녀석아. 저기 전학 온 여학생 옆에 가서 앉도록."

'전학 온 여학생?'

여학생을 보는 순간, 톰은 가슴이 쾅쾅 뛰었습니다. 아아아, 톰은 정신을 차릴 수가 없었습니다. 그렇게도 보고 싶어 했던 천사 같은 여자아이, 톰에게 팬지꽃을 던져 준 바로 그 여자아이였습니다. 갑자기 얼굴이 뜨거워지고, 말도 제대로 나오지 않았습니다.

"아, 아, 안녕, 내 이름은 토, 토, 톰이야. 네 이름은?"

"응, 난 베키 대처야. 베키라고 불러."

톰은 두 손을 가슴에 갖다 대는 순간, 얼마나 놀

랐는지 모릅니다.

두근두근 콩콩콩. 두근두근 쿵쿵쿵. 두근두근
우르릉 쾅쾅!

The Adventures of Tom Sawyer

톰 소여의 모험

## 공동묘지에서 생긴 일

"야옹야옹, 야옹야옹."

허크의 고양이 울음소리 신호가 날아왔습니다. 톰은 살금살금 유리창을 넘어 마당으로 내려왔습니다. 허크의 손에는 죽은 고양이가 들려 있었습니다. 톰과 허크는 공동묘지가 있는 언덕 쪽을 향해 달렸습니다. 공동묘지가 가까워질수록 머리가 쭈뼛쭈뼛 서기 시작했습니다. 이가 덜덜덜 떨리며 부딪치기도 했습니다. 허물어진 무덤에서 금방이라도 시체들이 벌떡벌떡 일어설 것만 같았습니다.

톰과 허크는 새 무덤을 발견했습니다. 새 무덤 옆, 느릅나무 뒤에서 숨을 고르며 무서움을 달랬습니다.

갑자기 톰이 허크의 팔을 잡아당겼습니다.

"허크, 무슨 소리 안 들렸어? 유령이 오고 있나 봐. 저기 좀 봐, 불빛이 이리로 다가오고 있어."

"그, 그래. 그것도 하나가 아니고 셋씩이나?"

톰과 허크는 납작 몸을 숙였습니다. 희미한 등불을 앞세우고 유령들이 점점 느릅나무 쪽 무덤으로 다가오는 것이었습니다. 구름 속에 있던 둥근 달이 얼굴을 내밀었습니다.

"허크, 이제 우린 죽었다. 도망치자."

"톰, 도망쳐도 유령에게 금방 잡혀. 어어, 그런데 이상한데? 가만, 저건 유령이 아니잖아. 머프 포터 할아버지야. 술고래인 저 할아버지가 어떻게 이곳에? 어휴, 지금도 술 냄새가 폴폴 풍겨 오는데."

"허크, 그 옆에 저 사람은 인디언 조 같아!"

"헉, 정말이야. 이제 어쩌지? 인디언 조보다 차라리 유령을 만나는 게 덜 무서울 거야. 그런데 뒤따라오는 저 사람은 누구지?"

"음, 마을의 젊은 의사야. 그런데 저 사람이 왜 이곳에?"

의사는 톰과 허크가 숨어 있는 느릅나무에 몸을 기대며 빨리 작업을 시작하라고 말했습니다. 포터 영감과 인디언 조는 무덤을 파기 시작했습니다. 손만 내밀면 의사의 몸이 닿을 것 같아 톰과 허크는 숨도 제대로 못 쉬었습니다.

잠시 뒤 관이 모습을 드러냈습니다. 두 사람은 관 속에서 시체를 꺼낸 뒤 손수레에 옮겼습니다. 두 사람은 시체를 담요로 덮고 밧줄로 꽁꽁 묶었습니다. 포터 영감이 주머니에서 칼을 꺼내더니 남은 밧줄을 끊었습니다.

"자, 빨리 서둘러요. 이제 내려갑시다."

재촉하는 의사의 말을 듣던 포터 영감이 뚝 잘
랐습니다.

"에이, 의사 선생. 돈을 좀 더 주시오. 그러지 않
으면 손수레를 그냥 두고 가겠소."

"아니, 돈은 미리 다 주었잖소. 섭섭하지 않게
주었는데 이게 무슨 짓이오?"

그때 조가 나섰습니다. 소름 돋는 웃음을 흘리
며 의사의 멱살을 꽉 잡았습니다.

"흐흐흐, 돈? 그보다 난 너에게 복수를 해야겠
어."

"뭐, 뭐라고? 그, 그, 그게 무슨 소리야?"

"흐흐흐, 오래전 내가 굶주려 먹을 것 좀 달라고
했을 때 너, 나에게 어떻게 했지? 날 거지처럼 내
쫓았어. 내가 식식거리자, 네 아버진 날 신고하기
까지 했어. 그 덕에 난 감옥에 갇혔지. 오늘 이 순

간을 내가 얼마나 기다렸는지 알기나 해!"

조가 주먹을 휘두르려는 순간, 의사의 주먹이 먼저 조의 얼굴을 갈겼습니다. 조가 쓰러지자 포터 영감은 들고 있던 칼을 내던지며 달려들었습니다. 두 사람은 쓰러져 엎치락뒤치락, 숨소리가 거칠어지기 시작했습니다.

그때 조가 떨어져 있던 칼을 주워 들었습니다. 의사가 비석으로 포터 영감을 내리쳤습니다. 포터 영감은 쓰러지고, 그 틈을 노려 조가 의사에게 달려들었습니다. 의사는 피를 흘리며 비틀거리다가 포터 영감 위에 쓰러졌습니다.

조는 관 위에 걸터앉아 소름 끼치는 웃음소리를 주변에 떨어뜨렸습니다.

"흐흐흐, 이제야 복수를 했군. 내가 한 짓이란 건 유령도 모를걸. 모든 것은 다 포터가 한 짓이

야. 흐흐흐."

조는 칼을 집어 들어 포터 영감의 오른손에 쥐여 주었습니다.

한참 후, 포터 영감이 끙 소리와 함께 눈을 떴습니다.

"으아악, 이게 어떻게 된 일이야?"

포터 영감은 자기 몸 위에 있던 의사를 떠밀고는 오른손에 들려져 있는 칼을 보자 부들부들 떨었습니다.

"아니야, 난 아니야. 난 절대로 의사를 죽이지 않았어. 조, 당신도 알잖아. 얘기 좀 해 봐."

조는 깊은 한숨을 떨어뜨린 후, 생각하기도 싫다는 듯 머리를 얼싸쥐며 마구 흔들어 댔습니다.

"포터, 생각 안 나지? 너무나 순식간에 일어난 일이라 나도 어쩔 수 없었어. 쓰러진 네가 비틀비

틀 일어서며 달려드는 의사 녀석을 칼로 찌른 거
야. 너무 끔찍했어.”

“아아, 믿을 수 없어. 아무리 술에 취했다 하더
라도 내가 이렇게 끔찍한 짓을 저지르다니. 조, 아
니야. 내가 한 짓이 절대 아니라고!”

포터 영감은 무릎을 꿇고 애원하듯 조에게 빌었
습니다.

“조, 오늘 있었던 일을 아무에게도 얘기하지 않

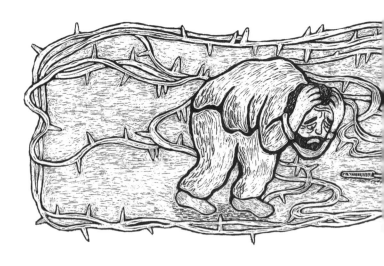

겠지? 그렇지, 조?"

"그럼 그렇고말고. 자, 이러고 있을 때가 아니야. 둘이 같이 있으면 위험해. 어서 여길 빠져나가자고."

포터 영감은 허겁지겁 어둠 속으로 사라졌습니다. 그 모습을 바라보며 조는 비열한 웃음을 흘렸습니다.

"흐흐흐, 아직도 정신을 못 차렸군. 칼까지 떨어

뜨린 채 도망치다니, 흐흐흐."

파헤쳐진 무덤, 담요에 덮여 있는 시체, 뚜껑이 열린 관 위로 달빛이 무섭게 쏟아져 내렸습니다.

톰과 허크는 공동묘지를 어떻게 도망쳐 내려왔는지 기억조차 나지 않을 정도였습니다. 금방이라도 담요에 가려졌던 시체가 벌떡 일어나 쫓아올 것만 같았습니다.

'흐흐흐, 너희들이 우리 일을 몰래 다 지켜보고 있었지?'

조가 금방이라도 이렇게 말하며 목덜미를 움켜쥘 것만 같아 뒤를 돌아볼 수도 없었습니다.

"허크, 이제 어떡하지? 포터 할아버지가 모든 걸 뒤집어쓰게 되었잖아."

"그래, 그렇게 되면 사형을 당할 텐데. 우리가 나서서 모든 것을 밝히면 어떻게 될까?"

"그건 너무 위험한 생각이야, 만약에 잘못되기라도 한다면 조가 우릴 가만둘 거 같아? 쥐도 새도 모르게 우린 죽고 말 거야. 너, 누구에게도 말안 할 자신 있지?"

"음, 좋아. 우리 이 일을 죽을 때까지 비밀로 묻어 두자. 자, 약속."

톰과 허크는 새끼손가락을 걸고 헤어졌습니다.

톰은 살금살금 창문을 통해 방으로 들어갔습니다. 두려움에 잠이 오질 않았습니다. 눈을 감으면 금방이라도 조가 나타날 것만 같았습니다.

이튿날 점심 무렵, 마을은 벌집을 쑤신 듯 난리가 났습니다.

"지난밤, 공동묘지에서 끔찍한 살인 사건이 벌어졌다는구먼."

"응, 의사가 칼에 찔려 숨졌대."

"그런데 말이야, 시체 옆에 떨어져 있던 칼이 술주정뱅이 머프 포터의 칼이라는 거야."

"그럼 포터가 살인을?"

"어디 그뿐인 줄 알아? 오늘 새벽, 포터가 개울에서 몸을 씻고 있는 걸 본 사람도 있다는 거야."

마을 사람들이 삼삼오오 짝을 지어 공동묘지로 모여들었습니다. 톰은 무서워서 가고 싶지 않았습니다. 하지만 마음과는 다르게 발길이 묘지로 향했습니다.

톰이 어른들 틈을 비집고 묘지를 보는 순간이었습니다.

'으흐흐흑!'

어른들 틈 사이로 조의 모습이 보였습니다.

'아, 저렇게 뻔뻔한 얼굴로 이곳에 나타나다니! 정말 유령보다 무서운 사람이야.'

톰의 얼굴에서 식은땀이 비 오듯 흘러내렸습니다. 금방이라도 조가 곁으로 다가올 것만 같아 톰은 얼른 눈길을 다른 곳으로 돌리고 말았습니다.

그때였습니다. 갑자기 마을 어른들이 웅성거리기 시작했습니다.

"어어, 저기 묘지로 올라오는 인간, 포터 아니야?"

"세상에 저렇게 뻔뻔할 수가! 사람을 죽이고 이곳에 다시 나타나다니."

모여든 어른들이 양쪽으로 갈라섰습니다. 그 사이로 보안관(미국에서 마을의 안전과 질서를 위해 일하던 사람)이 내려가 포터 영감의 팔을 꽉 잡고 올라왔습니다.

"믿어 주세요, 난 절대 의사를 죽이지 않았어요. 죽이지 않았다고요!"

　보안관이 포터 영감에게 칼을 내밀었습니다.

　"이거 당신 칼 아닌가? 그리고 조, 당신이 말해
보게."

　조는 아주 침착하게 모든 죄를 포터 영감에게
뒤집어씌웠습니다. 포터 영감은 조의 거짓말을
듣고는 털썩 쓰러지고 말았습니다.

　집으로 돌아온 톰은 밤이 깊도록 잠을 이룰 수
가 없었습니다.

　"톰, 너는 느릅나무 뒤에서 다 보았잖아. 난 억
울해, 내 죄가 없음을 네가 밝혀 주어야지, 안 그
래?"

　"흐흐흐, 어디 네 마음대로 해 보렴, 내가 널 가
만둘 것 같아? 흐흐흐."

밤마다 꿈속에선 포터 영감과 조가 번갈아 나타나 톰을 괴롭혔습니다.

결국 포터 영감은 마을 끝에 있는 감옥에 갇히게 되었습니다. 톰은 어른들 몰래 포터 영감을 찾아가 먹을 것을 넣어 주곤 했습니다.

The Adventures of Tom Sawyer

톰 소여의 모험

## 해적단 두목이 된 톰

톰과 베키의 하하호호 즐거운 학교생활이 계속되었습니다. 톰은 정말 행복했습니다. 공부도 열심히 하고 싶어졌습니다. 착한 일도 많이 하고 싶어졌습니다.

"베키야, 고마워. 너 때문에 나, 많이 변한 것 같아."

"나도 씩씩하고 용감한 네가 좋아."

"고마워, 전에 에이미랑 함께 지낼 때도 이런 기분 못 느꼈는데."

그 순간, 베키가 부들부들 떨며 벌떡 일어서는 것이었습니다.

"지금 뭐라고 그랬어? 너, 나 말고 에이미와도 서로 좋아하는 사이였어?"

베키가 쌕쌕거리며 톰을 한참 동안 노려보았습니다.

"끝이야, 너랑!"

돌아가는 베키의 모습에서 찬바람이 쌩쌩 불어왔습니다. 톰은 주먹으로 입술을 팍팍 때려 댔습니다.

'이 바보 같은 입술아, 어쩌자고 베키 앞에서 에이미 이름을 부르는 거야!'

톰은 베키네 집 앞을 서성거렸습니다. 밤중에도 베키네 집 울타리를 하염없이 바라보곤 했습니다. 톰의 가슴은 종이처럼 짝짝 찢어지는 듯했습니다.

베키는 토라져 톰에게 눈길 한번 주지 않았습니다. 톰은 하늘이 우르릉 무너져 내리는 기분이었습니다. 세상에 혼자 버려진 느낌이었습니다.

'집에 들어가면 폴리 이모에게 꾸중이나 듣고, 베키는 날 아예 쳐다보지도 않고. 난 정말 쓸모없는 아이인 게 분명해.'

땅만 보며 슬픔에 빠져 걷고 있는 톰에게 수업 시간을 알리는 종소리가 아득하게 들려왔습니다.

'아무것도 소용없어. 이젠 학교도 그만이고, 폴리 이모하고도 이별이고, 모든 것과 이별이야!'

눈물이 줄줄 흘러내렸습니다.

소맷자락으로 눈물을 닦는데 조 하퍼가 나타났습니다. 톰의 둘도 없는 친구, 조의 눈에도 슬픔이 가득했습니다. 그러면서도 무엇인가 큰 결심이 들어 있는 눈빛이었습니다.

"톰, 웬일이야? 또 혼났구나?"

"조, 나는 결심했어. 매일 꾸중이나 들으며 사느니 차라리 집을 나와 내 마음대로 살 거야. 다시는 집에 돌아가지 않을 거야. 조, 그동안 고마웠어. 안녕."

그러자 조가 함박웃음을 터뜨렸습니다.

그러고는 반갑게 톰의 손을 꽉 잡았습니다.

"톰, 나도 너와 똑같은 생각을 하고 있었어. 난 엄마가 정말 싫어. 아침이었어. 본 적도 없는 아이스크림인데 내가 먹었다며 엄마가 얼마나 무섭게 회초리를 휘둘렀는지 몰라."

톰과 조는 손을 잡고 무작정 걸었습니다.

"톰, 앞으로 어떡하지?"

"아주 좋은 방법이 있어. 우린 멋진 해적이 되는 거야. 내가 사람이 살지 않는 섬을 알고 있거든."

"야, 그거 멋진 생각이다. 우리가 해적이 된다니!"

"마을에서 멀리 떨어진 강 가운데에 자리한 잭

슨섬으로 가면 돼."

톰과 조는 허크를 찾아 나섰습니다. 이야기를 들은 허크도 좋아서 어쩔 줄 몰랐습니다.

"이제 강 주변을 살펴 보는 거야. 우리를 잭슨 섬으로 태워다 줄 배가 있나 찾으러 가자."

다행히 강가에 작은 뗏목 한 척이 있었습니다.

"자, 이제 집으로 돌아가면 해적 생활에 필요한 음식, 낚싯대 등을 많이 많이 준비해 와, 알았지?"

"알았어, 톰. 지금부터 널 해적단 두목으로 부를 게."

"좋아. 이제부터 우린 자랑스러운 꼬마 해적단 이다!"

셋은 크게 소리치며 웃었습니다.

밤 열두 시 무렵, 꼬마 해적들은 약속 장소에서 만났습니다. 강 위쪽 커다란 뗏목에서 모닥불이 활활 타오르고 있었습니다.

"그렇지, 불이 꼭 있어야 해. 자, 지금부터 우리 해적단은 불씨를 훔치러 간다. 출발하라!"

톰은 정말 해적단 두목이 된 듯했습니다. 모닥불이 타오르는 뗏목에 아무도 없는데도 해적 흉내를 내며 살금살금 뗏목에 올랐습니다.

불씨를 구한 꼬마 해적들은 작은 뗏목에 옮겨 탔습니다. 허크와 조는 양쪽에서 노를 저었습니다. 톰은 뗏목 한가운데 서서 눈을 부릅뜨고 팔짱을 낀 채 명령을 내렸습니다.

"잭슨섬으로 노를 저어라, 알겠나?"

"알겠습니다, 두목!"

뗏목은 물살을 따라 천천히 떠내려가기 시작했습니다. 하늘엔 별이 반짝반짝, 꼬마 해적들을 축하해 주는 듯했습니다.

새벽 두 시쯤 잭슨섬에 닿았습니다.

집에서 가지고 온 물건들을 섬으로 옮겼습니다. 뗏목에 실려 있던 돛으로 천막을 만들었습니다. 가지고 온 물건들을 천막 안에 넣고 모닥불을 피웠습니다. 그제야 꼬마 해적들은 쿨쿨 잠이 들었습니다.

이튿날부터 신나는 꼬마 해적단 생활이 시작되었습니다.

"야, 우리 수영하러 가자. 홀딱 벗고 말이야."

"좋아. 이 섬엔 우리밖에 없으니까, 킥킥킥."

꼬마 해적들은 발가벗은 채 강가로 뛰어갔습니다. 타고 온 뗏목은 흔적도 없이 사라지고 없었습니다. 그러나 하나도 무섭지 않았습니다.

"하하하, 오히려 잘됐다. 이제 우리는 이곳에서 죽을 때까지 사는 거야. 자, 두목을 따르라."

톰이 먼저 물속으로 풍덩, 이어서 허크와 조도 풍덩풍덩. 강가엔 꼬마 해적들의 웃음소리가 끊이지 않았습니다.

수영을 마친 꼬마 해적들은 모닥불을 활활 지피고 아침 식사 준비를 했습니다. 조가 밥을 짓는 동안 톰과 허크는 낚싯대를 들고 물고기를 낚으러 갔습니다. 낚시를 드리우기가 무섭게 물고기들이 낚싯바늘을 물었습니다. 파닥파닥 팔뚝만 한 물고기들이 많이 잡혔습니다. 물고기를 모닥불에

구워 먹었습니다. 고소한 맛이 일품이었습니다. 정말 해적이 된 기분이었습니다.

아침을 먹고 꼬마 해적들은 섬 탐험에 나섰습니다. 섬에서 가장 가까운 육지와 200미터밖에 되지 않은 곳도 알아냈습니다.

갑자기 쾅, 쾅 하늘을 무너뜨릴 듯 큰 소리가 들려왔습니다. 조가 크게 놀라 소리쳤습니다.

"이게 무슨 소리지, 천둥소린가?"

꼬마 해적들은 허겁지겁 강 언덕으로 올라갔습니다. 마을 쪽 강에 큰 배가 떠 있었습니다. 큰 배 주변엔 작은 배들이 무엇인가를 찾고 있는 모습이었습니다.

"두목, 아무래도 무슨 큰일이 벌어진 것 같지 않아?"

"글쎄, 무슨 사고일까?"

갑자기 큰 배 옆구리에서 하얀 연기가 피어오르더니 쾅 소리와 함께 물기둥이 솟아올랐습니다.

그러자 톰은 손뼉을 짝 쳤습니다.

"아, 알았다. 누군가 물에 빠져 죽은 거야. 물속에 대포를 쏘면 물속에 가라앉은 시체가 떠오른다고 했어."

허크가 고개를 끄덕이며 말했습니다.

"그래, 나도 그런 얘긴 들었어. 그럼 두목, 누가 물에 빠져 죽은 걸까?"

"허크, 바로 우리가 아닐까? 마을 사람들이 우리가 죽은 줄 알고 저렇게 소동을 벌이고 있는 것일지도 몰라. 그렇다면 아휴 고소해. 우리에게 잘 못해 준 일들을 떠올리며 얼마나 눈물짓고 있을까?"

"하하하, 맞아. 역시 두목다운 생각이야."

꼬마 해적들은 하하 웃으며 돌아왔습니다. 물고

기를 잡아 맛있게 저녁을 먹었습니다.

밤이 깊어지자 강물 흐르는 소리가 점점 크게 들려왔습니다. 허크와 조의 얼굴에 그늘이 지기 시작했습니다.

그 모습을 보자 톰은 은근히 걱정이 되기 시작했습니다.

'틀림없이 집이 궁금해서 저럴 거야.'

허크와 조가 잠이 들었습니다. 톰은 허크와 조를 한참 동안 바라보다가 슬며시 일어섰습니다. 마을과 제일 가까운 강가 모래톱으로 달리기 시작했습니다.

The Adventures of Tom Sawyer

톰 소여의 모험

## 장례식에 나타난 꼬마 해적들

톰은 첨벙첨벙 강을 건너기 시작했습니다. 강 한복판에서는 씩씩하게 헤엄을 쳤습니다. 톰은 물살에 떠밀리며 간신히 강가에 다다랐습니다. 어둠 속을 달리고 달려 집에 도착했습니다. 살금 살금 길고양이처럼 응접실이 보이는 유리창까지 다가갔습니다.

응접실에는 폴리 이모, 시드 그리고 조 하퍼의 엄마가 모여 있었습니다. 모두들 한결같이 슬픈 표정이었습니다. 응접실 문 옆 침대를 한참 바라보던 톰은 입술을 지그시 깨물었습니다.

'저 침대 밑으로 들어간다면 무슨 말을 주고받는지 알아들을 수 있을 텐데. 어디 한번 길고양이가 되어 봐?'

톰은 살금살금 응접실 문 쪽으로 기었습니다. 살며시 문을 밀었습니다. 조금만 더, 조금만 더, 톰이 기어 들어갈 만큼 문이 열렸습니다. 그 틈을 이용해 톰은 재빨리 침대 밑으로 들어갔습니다. 하마터면 폴리 이모의 발에 닿을 뻔했습니다.

폴리 이모가 울음을 터뜨렸습니다.

"흑흑, 우리 톰은 나쁜 아이가 아니에요. 장난이 좀 심할 뿐이지……"

"흑흑, 우리 조도 정말 착한 아이예요. 그날도 제가 잘못한 거였어요. 아이스크림을 조가 먹은 줄 알고 회초리를 들었지 뭐예요. 알고 보니 상한 아이스크림이라 제가 버려 놓고 깜빡한 거였어요. 이제 다시는 볼 수 없는 불쌍한 조!"

폴리 이모와 조 엄마는 서로 눈물을 닦아 주며 얼마나 울었는지 모릅니다. 침대 밑의 톰도 눈물이 줄줄 흘러내렸습니다. 폴리 이모가 자신을 얼마나 사랑하고 있는지 알게 되자, 금방이라도 침대 밖으로 나가고 싶었습니다.

"조 어머니, 일요일 아침까지 시체를 찾지 못하면 그날 교회에서 장례식을 치르기로 했어요. 아아, 불쌍한 톰!"

"아아, 가여운 조!"

조 엄마가 집으로 돌아갔습니다. 시드도 자기 방으로 갔습니다. 폴리 이모는 무릎을 꿇고 기도하기 시작했습니다. 톰을 걱정하는 간절한 기도였습니다. 기도가 끝날 때까지 폴리 이모는 훌쩍거리며 눈물을 흘렸습니다.

한참 후, 폴리 이모는 잠이 들었습니다. 톰은 살금살금 침대를 빠져나와 한 손으로 촛불을 가리고 이모의 잠자는 얼굴을 내려다보았습니다. 이모가 너무나 불쌍하게 보였습니다.

'폴리 이모, 사랑해요.'

톰은 이모의 입술에 입을 맞추고는 집을 빠져나왔습니다.

다시 강을 헤엄쳐 잭슨섬에 도착했을 때는 아침 해가 떠오르고 있었습니다. 톰은 지난밤에 있었던 일들을 신나게 들려주었습니다.

"조, 허크, 그런데 말이야. 우릴 보고 싶단 얘긴 한마디도 안 꺼내는 거 있지."

톰은 엉뚱한 쪽으로 이야길 늘어놓았습니다. 장례식 이야길 하려다가 꾹 참았습니다.

다시 신나는 해적 생활이 시작되었습니다. 물고기도 잡고 수영도 하고 모래찜질도 하며 지냈습니다. 강가 모래밭에서 거북이 알도 꺼내 맛있게 요리를 해 먹었습니다.

　밤이 되자, 하늘엔 예쁜 별들이 초롱초롱 반짝였습니다. 허크와 조의 훌쩍거리는 소리가 들려왔습니다.

　'또 훌쩍거려? 저 녀석들이 틀림없이 내일쯤엔 집에 가고 싶다고 할 텐데 어쩌지? 사실은 나도 가고 싶은 마음이 굴뚝같은데……'

　다음 날 조가 훌쩍거리며 말했습니다.

　"두목, 이젠 해적 생활도 지쳤어. 집으로 돌아갈래."

"야, 너 아직도 갓난아기구나. 엄마가 보고 싶어서 그러는 거지? 우린 멋있는 해적이야."

"멋있는 해적이고 뭐고 싫어. 무서운 엄마지만 그래도 보고 싶어."

조는 주섬주섬 옷을 입기 시작했습니다. 허크도 조의 모습을 부러운 눈빛으로 쳐다보았습니다. 그런 허크의 모습을 보자 톰은 더욱더 불안했습니다.

마침내 허크도 힘없는 목소리로 말했습니다.

"두목, 나도 집에 가고 싶어. 우리 같이 가자!"

"뭐야, 이런 겁쟁이들 같으니라고! 가고 싶으면 너희나 가! 난 절대 안 가, 난 혼자라도 여기 남아 있을 거야."

허크는 흩어져 있던 옷을 주워 입기 시작했습니다. 허크도 조를 따라 섬을 떠날 채비를 했습니다.

톰도 따라가고 싶었습니다. 허크와 조는 뒤 한 번 돌아보지 않고 멀어져 갔습니다.

'정말 이러다가 나 혼자만 남겠어. 안 되겠어, 마지막 숨겨 놓은 비밀 이야기로 녀석들의 발길을 돌려야 해.'

거기까지 생각이 들자, 톰은 허크와 조를 부르며 내달렸습니다.

"얘들아, 잠깐만 기다려! 할 얘기가 있어."

톰은 허크와 조에게 낮은 목소리로 비밀을 털어놓았습니다. 시무룩하던 허크와 조의 눈

이 커지기 시작했습니다.

"어때, 내 이야기 그럴듯하지?"

"우아, 그런 신나는 이야길 왜 이제 하는 거야? 진작 이야기했으면 우리가 이러지 않았을 거잖아. 하하하, 빨리 그날이 왔으면 좋겠다. 사람들 얼굴이 어떻게 변할까? 생각만 해도 정말 재미있어."

셋은 다시 해적으로 돌아왔습니다.

드디어 그날이 왔습니다.

일요일 아침, 교회의 종소리가 구슬프게 울려 퍼졌습니다.

댕그랑댕그랑댕그랑.

교회에서 톰과 조 그리고 허크의 장례식이 시작된다는 종소리였습니다. 마을 사람들이 슬픈 표정을 지으며 교회로 모여들기 시작했습니다. 누구 하나 큰 소리로 이야기하는 사람이 없었습니다. 교회 안은 조용하기 이를 데 없었습니다. 검은색 옷을 입은 폴리 이모와 시드 그리고 조 하퍼 가족이 들어와 맨 앞좌석에 앉았습니다.

예배가 시작되었습니다. 구슬픈 찬송이 울려 퍼졌습니다. 목사님이 두 팔을 벌려 침울한 목소리로 기도를 했습니다.

"하나님, 톰과 조 그리고 허크는 좋은 아이들이었습니다. 정말로 사랑스러운 아이들이었습니다. 그런 아이들을 우리는 제대로 이해하지 못하고, 꾸중과 회초리로 그들의 마음을 아프게 했습니다. 이 모든 것이 우리 어른들의 죄입니다. 용서하여 주옵소서."

폴리 이모와 조 엄마의 울음을 시작으로 교회 안은 울음바다가 되고 말았습니다. 목사님도 슬픔을 이기지 못하고 흐느껴 울었습니다.

그때 교회로 소리 없이 들어오는 세 그림자가 있었습니다. 세 그림자는 살금살금 문을 열었습니다. 사람들은 흐느껴 우느라 문이 열리는 소리도 듣지 못했습니다. 손수건으로 눈물을 닦던 목사님의 눈이 문 쪽으로 향했습니다. 그러고는 두 눈이 둥그레졌습니다.

'아니, 저 애들은……? 내가 잘못 본 건가?'

목사님은 눈을 비비며 다시 한번 문 쪽을 바라보았습니다.

아, 하늘나라로 갔다고 믿은 톰과 조 그리고 허크였습니다. 목사님의 이상한 모습에 사람들도 모두 뒤돌아 문 쪽을 바라보다가 "오, 하나님!" 하고 외치며 벌떡 일어섰습니다.

"아아아, 분명 톰이 맞지?"

"아아아, 정말 조가 맞지?"

폴리 이모와 조 하퍼의 가족들은 톰과 조를 끌어안고 눈물을 펑펑 쏟았습니다. 서로 입맞춤을 하느라 정신이 없었습니다.

목사님의 우렁찬 목소리가 울려 퍼졌습니다.

"자, 여러분. 우리 힘차게 찬송가를 부릅시다."

찬송가가 우렁우렁 교회에 울려 퍼지고, 참석한 아이들의 부러운 눈빛이 꼬마 해적들에게 쏟아졌습니다. 톰은 얼마나 자랑스러웠는지 모릅니다.

'아, 저 부러워하는 눈빛 좀 봐. 지금이야말로 가장 자랑스러운 순간이야!'

집으로 돌아온 톰은 잠이 들 때까지 폴리 이모에게 입맞춤과 알밤 세례를 번갈아 받아야 했습니다. 일 년 동안 받은 것보다 훨씬 더 많을 정도였습니다.

The Adventures of Tom Sawyer

톰 소여의 모험

# 베키는 내 사랑

톰과 조는 하루아침에 유명해졌습니다. 톰은 해적 두목답게 의젓하게 걸어 다녔습니다. 친구들은 톰의 곁에 모여들어 모험담을 들려달라며 발을 동동 구를 정도였습니다. 톰은 얼마나 으스대며 거드름을 피웠는지 모릅니다.

'흠, 내가 이렇게 유명해졌으니 베키도 사과를

하지 않고는 못 배길 거야. 우선 거드름을 피우며
베키를 꼼짝 못 하게 만들어야지. 킥킥킥.'

베키가 나타났습니다. 베키는 톰의 시선을 끌기
위해 온갖 노력을 다했습니다. 그러나 톰은 눈길
한 번 주지 않았습니다. 오히려 에이미랑 정답게
이야기를 주고받는 척했습니다. 베키는 슬퍼지기
시작했습니다. 아무도 없는 구석에 가서 얼마나

울었는지 모릅니다. 자기 마음을 몰라주는 톰이 미워지기 시작했습니다.

베키는 입술을 꾹 깨물었습니다.

'내 마음을 몰라주는 얄미운 톰, 어디 두고 보자.'

베키가 보이질 않았습니다. 그러자 이번엔 톰이 궁금해지기 시작했습니다.

'내가 너무 심했나? 베키가 어딜 갔을까?'

톰은 베키를 찾으러 다녔습니다. 한참 만에 학교 건물 뒤 벤치에 앉아 있는 베키를 보는 순간, 톰은 힘이 쭉 빠지고 말았습니다. 베키가 알프레드와 머리를 맞대고 정답게 책을 읽고 있는 것이었습니다. 톰이 가까이 갔는데도 둘은 책 속에 빠져 있었습니다.

화가 난 톰의 가슴이 부글부글 끓어오르기 시작

했습니다.

'아, 이 바보. 베키가 사과의 눈치를 보였을 때 받아들였어야 하는 건데.'

톰은 계속해서 베키를 살폈습니다. 둘은 너무나 행복한 모습이었습니다. 베키는 모른 척하면서 톰의 행동을 몰래 살피고 있었습니다.

'톰, 그렇게 잘난 척하더니 내 연극에 속아 넘어갔어. 바보 같은 녀석.'

그런 줄도 모르는 톰은 너무나 속상해서 집으로 돌아가고 말았습니다.

베키는 톰이 질투심에 다시 나타나리라 믿었습니다. 그러나 톰이 나타나지 않자 베키의 마음도 슬퍼지기 시작했습니다.

'내가 잘못했어. 이런 연극을 하지 말았어야 하는 건데……'

베키의 얼굴이 슬픔으로 가득 찼습니다.

아무것도 모르는 알프레드는 베키의 비위를 맞추느라 정신이 없었습니다.

"베키야. 여기 이 그림을 봐, 정말 예쁘지?"

"알프레드, 귀찮게 굴지 마! 그까짓 게 뭐가 예쁘다고."

베키는 끝내 울음을 터트리며 벤치에서 일어섰습니다. 그러고는 빠른 걸음으로 사라졌습니다. 알프레드는 무슨 영문인지 몰라 입만 떡 벌리고 서 있었습니다.

"가만, 도대체 내가 뭘 잘못한 거야? 책을 보자고 한 것은 베키잖아. 그런데 왜 갑자기 짜증을 내고, 울음까지 터트려?"

알프레드는 아무도 없는 교실에서 곰곰 생각에 빠졌습니다.

'틀림없어. 베키가 톰에게 복수하기 위해 날 이용한 거야.'

거기까지 생각이 들자 분하기 짝이 없었습니다. 톰이 너무나 미웠습니다.

'얄미운 녀석, 이 녀석에게 어떻게 복수를 한담?'

그때 톰의 공책이 눈에 들어왔습니다. 알프레드는 히죽 웃으며 오후에 배울 곳을 펼치고는 잉크를 쏟았습니다.

"얄미운 톰, 너 이제 선생님에게 아주 혼날 거다."

그런데 그 모습을 베키가 유리창 밖에서 보았습니다. 베키는 알프레드가 한 짓을 톰에게 알려 주기 위해 톰의 집으로 향했습니다.

'이 사실을 알려 주면 톰이 고마워할 게 분명해.

그럼 톰의 마음도 풀어질 거야.'

그러나 베키는 도중에 발걸음을 돌리고 말았습니다.

'아니야, 톰이 나에게 한 짓을 생각하면 용서가 안 돼. 톰이 먼저 나에게 사과해야 돼. 흥, 어디 실컷 혼나 봐라.'

베키는 다시 학교로 향했습니다. 가는 도중에 톰과 마주쳤습니다.

"베키, 미안해. 우리 이제 화해하지 않을래?"

"난 너랑 더 이상 말할 생각이 없어. 네 얼굴도 보기 싫고."

베키는 콧방귀까지 풍풍 뀌며 쌀쌀맞게 학교로 향했습니다.

'흥, 조금 있으면 넌 선생님에게 신나게 두들겨 맞을 거야. 생각만 해도 고소해.'

베키가 교실 문을 들어서는 순간, 선생님 책상의 비밀 서랍에 열쇠가 꽂혀 있는 게 눈에 들어왔습니다.

'아니, 선생님의 비밀 서랍에 열쇠가 꽂혀 있네? 선생님도 깜빡하실 때가 있네.'

베키는 가슴이 두근거리기 시작했습니다. 선생님이 몰래 보는 수상한 책, 책을 꺼내 본 다음엔 다시 책을 서랍에 넣고 자물통을 철컥 채우는 선생님. 그 수상한 행동에 아이들은 틈만 있으면 비밀 서랍을 열어 보려고 했습니다. 그러나 그때마다 자물통이 굳게 걸려 있는 것이었습니다.

"도대체 저 서랍 속의 책은 어떤 책일까?"

"유령이 나오는 책일까, 아니면 킥킥킥, 여자 사진만 있는 책이 아닐까?"

답답해하는 친구들의 얼굴이 떠올랐습니다.

베키는 주위를 휘 둘러보았습니다. 다행히 아무도 보이지 않았습니다. 베키는 마른침을 꿀꺽 삼켰습니다. 비밀 서랍을 조심조심 열었습니다. 비밀의 책 속에는 발가벗은 사람의 사진, 사람 머릿속 사진 등이 있었습니다. 그때 베키의 머리를 획지나가는 것이 있었습니다.

'선생님 젊은 시절의 꿈이 의사였구나.'

그 책은 바로 의사들이 보는 책이었습니다.

막 다음 장을 넘기는 순간이었습니다. 그림자가 책상 위를 덮쳐 왔습니다. 깜짝 놀란 베키가 후닥닥 책을 덮다가 그만 책 한 장이 쭉 찢어졌습니다.

"톰, 기척이라도 내면서 들어와야 되는 거 아냐? 비겁하게 살금살금 들어와 남이 보는 걸 훔쳐보다니."

"베키, 난 네가 뭘 보고 있었는지도 몰라. 그리

고 상관하고 싶지도 않고."

"톰, 너 내가 책을 찢었다고 고자질할 거지, 그렇지?"

베키는 울음을 터트리면서 교실 밖으로 뛰쳐나갔습니다.

수업 시작종이 땡땡 울리고, 선생님이 공책을 검사하기 시작했습니다.

"아니, 톰. 공책이 이게 뭐야? 선생님이 항상 그랬지, 공책은 깨끗이 사용해야 한다고. 아예 공책에 잉크를 쏟아부으셨군. 이리 나와."

"선생님, 전 모르는 일이에요. 믿어 주세요."

"이 녀석 보게, 거짓말까지 하고 있네. 너는 더 혼나야 해."

톰은 얼마나 심하게 매를 맞았는지 모릅니다. 그 모습에 베키는 알프레드 짓이라고 이야기를 하고 싶었습니다. 그러나 꾹 참았습니다.

'톰은 비밀 서랍 속 책 찢은 일을 고자질할 게 분명해. 그러니 도와줄 필요 없지 뭐, 흥.'

톰은 고개를 갸웃거리면서 제자리로 돌아갔습니다.

'내가 그랬나? 장난치다가 나도 모르게 잉크를 쏟은 게 분명해. 에이, 매를 맞아도 싸.'

글짓기 시간이 되었습니다. 이제 선생님은 비밀 서랍 속의 책을 꺼내 볼 것입니다. 아니나 다를까, 선생님이 고개를 갸웃거리며 비밀 서랍을 열었습니다. 베키의 얼굴이 하얘지기 시작했습니다. 손은 부들부들 떨고 있었습니다. 눈에서는 금방이라도 눈물이 뚝뚝 떨어질 것 같았습니다.

베키의 얼굴을 보는 순간, 톰도 걱정되기 시작했습니다.

'이를 어쩌지? 저 불쌍한 베키의 얼굴 좀 봐. 무슨 좋은 방법이 없을까?'

선생님의 눈초리가 무섭게 올라가기 시작했습니다. 입술을 잘근잘근 깨물고 있는 모습, 화가 머리끝까지 치솟은 증거입니다.

"이 책을 찢은 녀석이 누구냐? 모두 날 쳐다봐라."

바늘 한 개가 떨어져도 쿵 소리가 날 만큼 교실은 조용했습니다. 선생님은 먼저 남자아이들 이름을 하나하나 불렀습니다. 선생님이 너무 무서워 아이들의 '아니요.' 소리가 모깃소리만 할 정도였습니다. 선생님은 톰의 이름을 부르곤 한참이나 톰의 얼굴을 노려보았습니다.

베키 차례가 되었습니다.

"베키, 네가 찢었니? 왜 말없이 아래만 내려다보

고 있지? 날 쳐다보아라, 어서. 오호라, 네가 찢었
구나!"

그때 톰이 벌떡 일어났습니다. 그리고 교실이
떠나가도록 큰 소리로 외쳤습니다.

"선생님, 사실은 제가 찢었습니다!"

톰은 앞으로 나가며 베키의 얼굴을 흘끗 훔쳐보
았습니다. 베키의 눈에 놀라움과 고마움의 눈빛
이 넘치고 있었습니다.

'베키, 너를 위해서라면 백 대라도 맞을 수 있

어.'

톰은 베키 대신 선생님에게 매를 맞았습니다.
그래도 아프다는 생각이 들지 않았습니다.

집으로 돌아가는 길에 베키가 기다리고 있었습니다.

"톰, 미안해. 나 때문에……"

베키는 톰의 손을 잡고 눈물을 흘렸습니다. 그리고 톰의 공책에 잉크를 엎지른 것은 알프레드의 짓이었다고 말했습니다.

"톰, 미안해. 알프레드의 짓이라고 선생님께 이야기했어야 하는데……. 톰, 넌 정말 멋진 남자야!"

톰은 괜찮다며 싱긋 웃어 주었습니다.

집으로 돌아와 잠자리에 누웠는데도 가슴이 두근거려 잠이 오지 않았습니다. 다정한 베키의 마지막 말이 자꾸자꾸 어둠 속에서 들려오는 것이었습니다.

"톰, 넌 정말 멋진 남자야! 톰, 넌 정말 멋진 남자
야!"

눈을 감으면 베키의 얼굴이 어른거렸습니다. 톰
은 베키와 나누었던 이야기를 곱씹으며 행복한
꿈속으로 빠져들었습니다.

The Adventures of Tom Sawyer

톰 소여의 모험

## 정의의 증인이 되다

기다리던 여름방학이 되었습니다. 베키는 부모님과 함께 여행을 떠났습니다.

어느 날, 마을이 술렁이기 시작했습니다. 포터 영감의 살인 사건에 대한 재판 날이 가까워졌기 때문입니다. 한동안 잊고 있었던 공동묘지 사건이 또다시 톰의 가슴을 무겁게 만들었습니다.

"보나 마나 뻔하지. 술주정뱅이 포터는 사형에
처해질 거야."

"맞아, 이제 재판 날도 며칠밖에 남지 않았어."

그런 이야기를 들을 때마다 톰은 포터 영감이
불쌍해서 견딜 수 없었습니다.

톰은 허크를 찾아갔습니다. 허크도 포터 영감이
불쌍해서 어쩔 줄 몰랐습니다.

"톰, 포터 할아버지가 너무 불쌍해. 내게 물고기
도 많이 잡아 준 고마운 분인데."

"나도 마찬가지야. 내 연줄도 고쳐 주고 그랬어.
어떻게 도울 방법이 없을까?"

톰과 허크는 오랫동안 이야기를 주고받았지만,
별 뾰족한 방법이 없었습니다.

날이 어두워지자 톰과 허크는 포터 영감이 있는
감옥으로 향했습니다. 쇠창살 사이로 먹을 것을

넣어 주었습니다.

"고맙구나, 애들아. 난 정말 아이들에게 잘 대해 주었는데도 막상 이런 처지가 되니까 너희들 말고는 아무도 찾아 주지 않는구나. 마지막으로 너희들 손을 만져 보고 싶구나."

톰과 허크의 손을 잡은 포터 영감의 눈에서 눈물이 뚝뚝 떨어져 내렸습니다.

그날 밤, 톰은 밤새도록 무서운 꿈에 시달려야 했습니다. 조의 무서운 얼굴과 포터 영감의 불쌍한 얼굴이 쉬지 않고 꿈속에 나타났습니다.

이튿날 톰은 재판소 주위를 어슬렁 맴돌았습니다. 자신의 손을 잡고 눈물을 흘리던 포터 영감의 모습이 떠나질 않았습니다. 당장이라도 안으로 뛰어 들어가 모든 걸 밝히고 싶었습니다. 그러나 무서운 조의 얼굴이 떠올라 그대로 발이 굳어 버렸습니다.

드디어 마지막 재판 날이 하루 앞으로 다가왔습니다.

"재판하나 마나야. 사형 판결이 날 텐데 뭐."

"맞아. 인디언 조의 증언이 움직일 수 없는 증거라잖아."

톰은 그날 밤 아주 늦게 집으로 돌아왔습니다. 폴리 이모에게 혼쭐이 났지만, 싱글벙글 웃기만 했습니다.

"아니, 이 녀석 보게? 밤늦도록 싸돌아다니다 이제 들어와서도 웃기만 하다니, 도대체 어딜 갔다 온 거야?"

"이모, 내일이면 다 알게 돼요. 사랑해요, 안녕히 주무세요."

"아니, 저 녀석 어떻게 된 거 아니야?"

이튿날, 마을 사람들이 삼삼오오 재판소로 몰려 들었습니다. 판사들이 들어오고, 포터 영감이 부들부들 떨며 끌려 나왔습니다. 인디언 조도 자리에 앉았습니다.

첫 번째 증인, 두 번째 증인도 포터 영감에게 불리한 이야기를 했습니다. 그런데도 변호사는 입을 꾹 다문 채 아무 말도 하지 않고 있었습니다.

마을 사람들이 수군거리기 시작했습니다.

"아니, 변호사가 조금이라도 머프 포터를 위해서 변호를 해야 하는 거 아니야? 검사가 묻기만 하면 '없습니다.'만 앵무새처럼 되풀이하고 있으니."

"글쎄, 변호사가 왜 저러지?"

그때 변호사가 벌떡 일어났습니다. 변호사의 눈빛이 반짝반짝 빛나기 시작했습니다.

"재판장님, 톰 소여를 증인으로 신청합니다."

재판을 구경하던 사람들은 얼마나 놀랐는지 모릅니다.

"아니, 이게 무슨 소리야? 톰을 증인으로 신청하다니. 아무래도 변호사가 제정신이 아니군."

"거참, 저런 어린애를 증인으로 신청하다니. 미쳤군, 미쳤어!"

증인석으로 올라가는 톰에게 모두의 시선이 쏟

아졌습니다. 톰은 떨리는 목소리로 거짓말을 하지 않겠다는 선서를 마쳤습니다.

곧이어 변호사가 톰에게 물었습니다.

"톰, 지난 6월 17일 밤 어디에 있었지요?"

"공동묘지에 있었습니다."

"그래, 시체를 파헤친 무덤과는 어느 정도 떨어져 있었지요? 그리고 숨어 있었다고 했는데, 어디에 숨어 있었지요?"

"변호사님과 저와의 거리처럼, 무덤과 아주 가까운 느릅나무 뒤에 숨어 있었어요."

톰의 말에 인디언 조의 얼굴이 새파랗게 질리기 시작했고, 고개를 푹 숙이고 있던 포터 영감은 고개를 번쩍 들었습니다. 작은 숨소리도 들리지 않는 고요 속에서 톰의 이야기는 쉬지 않고 이어졌습니다.

"의사 선생님이 비석을 뽑아 내리쳐 포터 할아버지가 쓰러졌습니다. 그 순간, 조가 포터 할아버지의 칼을 들기 무섭게 의사 선생님을……."

이야기가 끝나기도 전이었습니다.

와장창, 유리창 깨지는 소리와 함께 조가 유리창을 넘어 바람같이 사라졌습니다.

"저놈 잡아라! 저놈이 살인범이야."

보안관이 조를 뒤쫓았지만 놓치고 말았습니다.

드디어 살인 사건의 진실이 밝혀졌습니다. 마지막 재판이 있기 전날 밤, 톰이 변호사를 찾아가 모든 것을 사실대로 이야기한 것이었습니다.

마을 사람들은 톰의 용기에 너도나도 박수를 보냈습니다. 톰은 영웅이 되었습니다.

이튿날 신문에 톰의 사진이 크게 실렸습니다. 톰은 날아갈 듯 기뻤습니다. 어깨를 으쓱거리며 다녔습니다.

그러나 밤만 되면 덜덜 떨어야 했습니다.

'어디선가 갑자기 조가 나타나 날 해칠 거야, 분명히.'

톰은 밤만 되면 아무리 재미있는 일이 있어도 밖에 나가지 않았습니다. 어떤 날 밤에는 꿈에 조가 나타나 식은땀까지 줄줄 흘려야 했습니다. 빨리 조가 잡히기를 기도하고 또 기도했습니다.

보안관은 조가 있는 곳을 알려 주거나 잡아 오는 사람에게 상금까지 준다고 했습니다. 그러나 꼭꼭 숨어 버린 조는 깜깜무소식이었습니다.

그렇게 시간이 자꾸자꾸 흘러가자, 톰의 무서움도 차츰차츰 사라져 갔습니다.

The Adventures of Tom Sawyer

톰 소여의 모험

# 유령의 집

베키가 없는 여름방학이 톰에겐 지루하기 짝이 없었습니다. 톰은 아침부터 밤까지 보물 생각에 파묻혀 지냈습니다.

'숨겨진 보물을 찾는다는 것, 얼마나 멋진 일일까? 해적들이 숨겨 놓은 보물, 유령의 집에 숨겨진 보물.'

그런 생각을 하다 보면 톰은 눈앞에 보물 상자가 날아다니는 착각에 빠지곤 했습니다.

톰은 허크를 찾아갔습니다. 보물을 찾고 싶다고 이야기하자 허크도 대찬성이었습니다.

"그런데 톰, 보물이 어디에 숨겨져 있을까?"

"음 그건 말이야, 해적들의 섬이라든가 유령의 집에 많이 숨겨져 있지. 그리고 보름달이 뜨는 밤 열두 시에 오래된 나무의 맨 꼭대기 가지 끝이 가리키는 땅속에도."

"톰, 그러면 당장 시작하자."

톰과 허크는 삽과 곡괭이를 들고, 벼락에 맞아 죽은 큰 나무가 있는 곳으로 달려갔습니다.

"제발 이 죽은 나무 아래 보물이 가득가득 있기를."

그러나 한 시간이 넘게 파도 보물은커녕 돌멩이

만 수북하게 나오는 것이었습니다.

온몸이 땀에 젖었습니다. 힘이 들었지만 톰과 허크는 포기하지 않았습니다.

"톰, 우리가 잘못 짚은 것이 아닐까?"

"그래, 맞아. 잘못 짚었어. 밤 열두 시 무렵, 맨 꼭대기 나뭇가지가 가리키는 곳을 파야 되는데."

"좋아, 오늘 밤에 다시 오자."

톰과 허크는 밤 열두 시 무렵, 달빛에 맨 꼭대기 나뭇가지가 만드는 그림자에 표시를 하고 쿵쿵 파기 시작했습니다. 가까운 나무의 나뭇잎 흔들리는 소리가 유령의 목소리처럼 들려오고 등이 서늘해지는 게 꼭 보물이 숨겨져 있을 것만 같았습니다.

열심히 땅을 파 들어갔습니다. 가끔씩 곡괭이에 뭔가 부딪치는 소리가 들려왔습니다. 그럴 때마다 가슴이 쿵쿵 뛰었지만 돌멩이나 나무뿌리였습니다.

허크는 크게 실망했습니다.

"야, 톰. 이게 뭐야, 헛수고만 했잖아!"

"허크, 너무 실망할 것 없어. 기왕 늦은 거 아예 유령의 집까지 가 보자."

톰과 허크는 유령의 집으로 향했습니다. 달빛이 쏟아지는 골짜기 한가운데에 외따로 서 있는 유령의 집. 울타리는 삭아 주저앉았고, 잡초들이 집으로 들어가는 층계까지 덮고 있었습니다. 지붕 귀퉁이도 움푹 내려앉아 정말 유령이 살고 있는 집 같았습니다.

"봐, 유령의 집 맞지? 토요일 낮에 저 집에 들어가 파 보는 거야. 반드시 보물이 묻혀 있을 거야."

"나도 그런 기분이 들어, 톰."

토요일 오후 톰과 허크는 유령의 집으로 향했습니다. 가는 도중에, 죽은 나무 아래 감추어 놓았던 삽과 곡괭이를 찾아 어깨에 멨습니다.

유령의 집에 도착했습니다. 대낮인데도 등골이 서늘했습니다.

"톰, 낮에는 유령이 돌아다니지 않잖아. 그만 떨

고 용감하게 들어가자."

톰과 허크는 살금살금 집 안을 들여다보았습니다. 마루도 깔려 있지 않은 바닥엔 잡초가 무성하게 자라고 있었습니다. 군데군데 떨어져 나간 벽, 아주 오래된 벽난로와 창틀만 남아 있는 창문, 금방이라도 무너져 내릴 것만 같은 계단. 톰과 허크는 가만히 한숨을 내쉬고 집 안으로 들어갔습니다. 주고받는 말은 귀엣말로, 두 귀는 쫑긋 세우고 이곳저곳을 살펴보기 시작했습니다. 곡괭이와 삽은 벽에 기대어 세워 놓았습니다.

"허크, 이층으로 올라가 보자."

이층엔 옷장이 기우뚱 서 있었습니다. 톰과 허크는 가슴이 두근두근 뛰기 시작했습니다.

'저 옷장 안에 보물이 있을지도 모른다!'

그러나 옷장 안에는 거미줄과 먼지만 수북이 쌓

여 있었습니다.

"이층엔 보물이 있을 만한 곳이 없어. 아래로 내려가자."

아래층으로 내려가려는 순간, 두런두런 말소리가 들려왔습니다. 톰과 허크는 심장이 멎을 것만 같았습니다. 도망치려고 했지만 이미 늦었습니다. 두 사람이 들어오고 있었습니다. 톰과 허크는 마룻바닥에 엎드려 마루 틈으로 아래층을 훔쳐보

았습니다. 한 사람은 모자 아래로 흰머리를 길게 늘어뜨렸고, 초록색 안경을 쓰고 있었습니다. 또 한 사람은 누더기를 걸쳤는데 인상이 아주 험상 궂어 보였습니다.

톰이 허크의 귀에 바짝 입을 갖다 댔습니다.

"야, 허크. 저 모자 쓴 사람 말이야. 마을에 나타 난 적 있지? 귀가 들리지 않고, 말도 못 하는 에스 파냐 사람."

허크도 고개를 끄떡거렸습니다.

누더기를 걸친 사람이 입을 열었습니다.

"많이 생각해 보았는데 별로 마음에 안 들어. 위 험한 일이야."

"뭐야, 위험하다고? 이런 겁쟁이 같으니라고!"

그 순간 톰과 허크는 얼마나 놀랐는지 모릅니 다. 말을 못 하는 줄로만 알았던 사람이 말을 하는 것이었습니다. 그리고 그 목소리는 어디선가 들었던 소름 끼치는 소리. 아, 바로 인디언 조였습니다. 톰과 허크의 심장은 금방이라도 멎을 것만 같았습니다.

두 사람은 음식을 꺼내 먹고 꾸벅꾸벅 졸기 시작했습니다. 톰은 도망칠 생각에 소리 없이 일어나 첫발을 내디뎠습니다. 순간, 낡은 마루가 끼익 소리를 냈습니다. 톰은 깜짝 놀라 다시 납작 엎드렸습니다.

두 사람은 한참 후에 눈을 떴습니다.

"조, 이제 떠날 시간이 되었는데 은화는 어떡하지?"

"글쎄, 여기다 두고 가는 게 좋겠어. 당장 필요한 돈만 챙기고, 나머진 나중에 다시 와서 가지고 가면 되니까. 여기도 안심할 곳은 못 되니 땅속에 파묻고 떠나자고."

"좋은 생각이야, 조."

누더기를 걸친 사람은 벽난로 뒤편의 돌을 들어 올리고는 쩔렁쩔렁 돈 소리 나는 주머니를 꺼냈습니다. 필요한 돈만 꺼내고는 돈주머니를 조에게 건네주었습니다. 조는 칼로 구석 땅을 파기 시작했습니다. 톰과 허크는 신바람이 났습니다. 꿈에도 그리던 보물이 조금 있으면 굴러 들어오다니……

그때 조의 칼에 무엇인가 부딪치는 소리가 났습니다.

"어, 이게 뭐지? 반쯤 썩은 상자인데……. 구멍이 쉽게 뚫렸어. 어디 손을 넣어 볼까?"

조는 구멍으로 손을 집어넣더니 무엇인가 꺼냈습니다.

"와, 세상에 이럴 수가, 돈이야! 그것도 은화가

아닌 금화야!"

"조, 빨리 파내자. 저쪽 구석에 삽과 곡괭이가 있던데."

조는 곡괭이를 받아 들더니 조심스럽게 살펴보았습니다. 고개를 갸웃거리며 땅을 파기 시작했습니다. 상자가 들려 나왔습니다. 상자 속에는 많은 금화가 번쩍이고 있었습니다. 조의 눈빛이 갑자기 무서워지기 시작했습니다. 곡괭이를 한참 동안 요리조리 살펴보며 자꾸만 고개를 갸웃거리는 것이었습니다.

"이 곡괭이 말이야, 아무래도 수상해. 곡괭이에 묻어 있던 흙이 사용한 지 얼마 안 된 흙이었어."

"조, 그게 무슨 상관이야?"

"무슨 상관이냐고? 곡괭이와 삽이 왜 여기에 있는 것일까? 우리가 갖다 놓은 것이 아니잖아. 누군가 여기에 갖다 놓은 거야. 그렇다면 그놈들은 지금 어디에 있을까? 이 돈을 여기에 다시 파묻으면, 놈들이 와서 금방 눈치챌 거야. 비밀 장소로 옮겨야 해."

"조, 내가 미처 그 생각을 못 했군. 그러고 보니 나도 수상한 느낌이 들어. 그럼 1호로 옮길까?"

"아냐, 십자가 아래 2호로 옮기자고. 그럼 안전할 거야. 그런데 누가 이 삽과 곡괭이를 여기에 갖다 놓았을까? 혹시 이층에 숨어 있는 게 아닐까?"

조가 칼을 들고 이층을 한참 노려봤습니다. 톰과 허크의 심장은 금방이라도 얼어붙을 것만 같았습니다.

조가 한 걸음 두 걸음 계단을 올라오기 시작했습니다. 삐꺽삐꺽 소리가 너무나 무섭게 들려왔습니다.

'아, 이젠 모든 게 끝이로구나.'

그 순간, 썩은 계단이 무너져 내리며 조가 바닥으로 굴러떨어졌습니다. 조는 씩씩거리며 이층으로 올라오는 것을 포기했습니다.

어둠이 내려오기 시작했습니다. 두 사람은 보물상자를 들고 어둠 속으로 사라졌습니다.

톰과 허크는 땅이 꺼져라 한숨을 내쉬었습니다.

"톰, 삽과 곡괭이만 안 들고 왔어도 우리는 벼락부자가 될 수 있었을 텐데."

"어쩔 수 없는 일이야. 그래도 희망은 있어. 2호의 비밀을 풀면 돼. 우선 집으로 돌아가 쉬면서 생각하자."

톰의 머릿속엔 온통 2호의 비밀뿐이었습니다. 도대체 2호는 무엇을 뜻하는 것일까요?

"1호는 위험하고 2호? 1호와 2호, 1호와 2호? 혹시 방 번호가 아닐까? 여관의 방 번호 같은 거. 그래, 여관을 살펴보는 거야. 우리 마을에 여관은 두 군데밖에 없으니까."

톰은 한 여관의 2호실엔 변호사가, 또 한 여관의 2호실엔 이상한 사람이 묵고 있다는 것을 알아냈습니다.

"그 2호실은 늘 방문에 자물통이 걸려 있어. 낮에는 사람이 머물 때가 거의 없어. 가끔씩 밤에는 불이 켜져 있을 때가 있는데, 어젯밤에 불이 켜져 있었어."

여관집 아들의 말이 자꾸만 마음에 걸렸습니다.

'혹시 그 이상한 사람이 조가 아닐까? 만약 조라면 그 방에 보물을 옮겨 놓았을지 모르잖아.'

톰과 허크는 여관의 2호실을 몰래 살펴보기로 결심했습니다. 밤마다 여관 근처에서 2호실을 살폈지만, 들어가는 사람을 볼 수 없었습니다.

결국 톰이 몰래 2호실에 들어가기로 했습니다.

"허크, 한눈팔지 말고 망을 잘 봐. 무슨 일이 있으면 바로 고양이 울음소리로 연락하고, 알았지?"

허크는 여관 골목에서 망을 보았습니다. 십 분, 이십 분……, 2호실의 창엔 아주 희미한 불빛만 번지고 있었습니다.

'아, 톰이 지금쯤 보물을 발견했을까? 혹시 붙잡힌 것은 아닐까?'

허크가 한 걸음 두 걸음, 여관을 향해 발걸음을 옮길 때였습니다. 톰이 번개처럼 나타나 허크 옆을 지나치며 소리쳤습니다.

"허크, 빨리 도망쳐! 뒤도 돌아보지 말고 도망쳐!"

톰과 허크는 헐레벌떡 걸음아 날 살려라 하며

어둠 속으로 도망쳤습니다.

"헉헉, 아이고 숨차. 톰, 도대체 어떻게 된 거야?"

"헉헉, 허크. 나 정말 죽는 줄 알았어. 2호실 방에 그 무서운 조가 누워 있는 거야. 하마터면 조의 손을 밟을 뻔했어. 밟았다면 난 죽었을 거야. 다행히 조는 술에 취해 곯아떨어져 정신없이 자고 있더라고."

"그럼 방에서 보물 상자를 보았어?"

"보물 상자? 너무 놀라서 살필 틈도 없었어. 그렇지만 확실한 것은, 십자가는 없었어."

"그럼 이제 어떡하지? 톰, 차라리 조를 보안관에게 신고해 버릴까?"

"그렇게 되면 보물은 영영 못 찾게 돼. 조금만 더 기다려 보자. 조가 방을 비운 게 확실할 때 다시 방을 살펴보는 거야, 알았지?"

다음 날도, 그다음 날도 톰과 허크는 망보는 것을 게을리하지 않았습니다. 그러나 이상하게도 조는 낮이고 밤이고 방에 틀어박혀 있는 것이었습니다.

The Adventures of Tom Sawyer

톰 소여의 모험

## 용감한 허크

톰에게 반가운 소식이 전해졌습니다. 그렇게도 보고 싶어 했던 베키가 돌아온 것이었습니다. 베키와 같이 있는 시간은 가슴이 두근두근 콩콩콩 뛰며 너무나 좋았습니다. 같이 있는 한 시간이 일 분도 안 되는 것 같았습니다.

베키 엄마는 베키의 친구들을 위해 멋있는 소풍

을 준비했습니다. 큰 배 한 척을 빌려 아름다운 동굴이 있는 숲까지 갔다 올 수 있게 해 주었습니다.

이튿날, 베키네 집으로 친구들이 모여들었습니다. 베키 엄마가 베키에게 조심하라고 신신당부를 했습니다.

"알았어요, 엄마. 늦으면 하퍼 집에서 자고 교회로 갈게요."

베키와 톰, 친구들은 큰 배를 타고 강을 거슬러 올라갔습니다. 큰 배는 동굴이 있는 아름다운 숲에 친구들을 내려놓았습니다. 모두들 신바람이 났습니다. '야호' 소리는 메아리가 되어 숲을 흔들고, 점심도 꿀맛이었습니다.

"야, 기왕 왔으니 동굴도 구경하는 게 어때?"

"그래, 우리 모두 동굴로 가자!"

동굴 입구는 언덕 중간에 알파벳 A(에이) 자 모양

을 하고 있었습니다. 나무로 만든 문은 열려 있었습니다. 동굴 안은 너무나 시원했습니다. 촛불에 모습을 드러낸 동굴은 정말 아름다웠습니다. 마치 비밀의 궁전 안으로 들어온 착각마저 들게 했습니다.

시간이 빠르게 지나갔습니다. 큰 배는 떠날 시간이 되었다며 쉬지 않고 붕붕 신호를 보냈습니다. 친구들은 모두 배에 올라탔습니다. 너무나 아름다운 동굴 여행이었다고 입을 모았습니다. 그런데 친구들 중에 톰과 베키의 모습이 보이지 않았습니다.

한편 허크는 혼자서 계속 여관을 살펴보고 있었습니다. 밤 열한 시가 넘자, 허크는 하품을 쏟아 내곤 돌아서려고 했습니다. 그때 여관 문 닫히는 소리와 함께 아저씨 두 명이 소리 없이 나타났습니다. 조와 누더기를 걸친 사나이였습니다. 조의 손에는 총까지 들려 있었습니다. 허크는 정신을 바짝 차렸습니다. 두 남자는 마을을 빠져나와 언덕의 더글러스 부인 집 앞에서 걸음을 멈추었습니다.

조의 무서운 음성이 날아왔습니다.

"이런, 또 손님이 있군. 불이 켜져 있는 걸 보니."

"조, 그러면 다음 기회로 미뤄. 포기하는 게 좋아."

"그럴 순 없어. 저 여자의 남편이 날 얼마나 못살게 굴었는지 알기나 해? 판사로 있으면서 걸핏하면 날 불량배라고 감옥에 처넣곤 했어. 어디 그뿐인 줄 알아? 마을 사람들이 보는 앞에서 날 채찍으로 마구 때린 적도 있었다고. 판사는 죽었지만, 난 그 마누라에게 복수를 해야 돼."

잠시 침묵이 흘렀습니다. 이제 불이 꺼지면 더글러스 부인은 조의 손에 죽을 지도 모릅니다.

허크는 살금살금 뒷걸음질로 언덕을 내려와 쏜살같이 내달렸습니다. 제일 가까운 존스 영감 집에 도착했습니다.

"할아버지, 문 좀 열어 주세요! 허클베리 핀이에요, 빨리 문 좀 열어 주세요! 더글러스 아주머니가

위험해요. 조금 있으면 죽게 된다고요!"

"뭐, 뭐, 더글러스 부인이? 그게 무슨 소리냐?"

허크는 조금 전 있었던 일을 존스 영감에게 들려주었습니다. 그렇지만 살인범 조라는 말은 하지 않았습니다.

"그리고 할아버지, 제가 가르쳐 주었단 말은 절대 하지 마세요!"

존스 영감은 두 아들과 함께 총을 들고 언덕을 올라가기 시작했습니다. 허크는 무서워서 따라갈 수 없었습니다. 커다란 바위 뒤에 숨어 더글러스 부인 집 쪽으로 귀를 활짝 열었습니다.

탕탕탕!

총소리와 함께 비명 소리가 들려왔습니다. 허크는 걸음아 날 살려라 허겁지겁 언덕을 내달렸습니다.

이튿날 일찍 허크는 존스 영감의 집으로 향했습니다. 조가 어떻게 되었는지 궁금했습니다.

존스 영감은 허크를 반갑게 맞아 주었습니다.

"할아버지, 어젯밤 일은 어떻게 되었어요?"

"그, 그게 말이다. 그 녀석들을 놓치고 말았단다. 살금살금 녀석들에게 다가가는데 하필이면 재채기가 터졌지 뭐냐. 녀석들이 놀라 도망치기에 우리는 총을 탕탕탕 쏴 댔지. 그런데 녀석들이 맞지 않은 모양이야. 녀석들도 우리에게 총을 쏘면서 사라졌어. 보안관에게 바로 알렸지. 지금쯤 보안관과 수색대가 뒤따르고 있을 게야. 그런데 그 녀석들의 옷차림이나 생김새를 알면 추격하는 데 많은 도움이 될 텐데, 생각나는 거 없냐?"

"할아버지, 그중 한 사람은 조였어요. 인디언 조!"

"뭐, 뭐, 뭐라고? 살인범 인디언 조였다고?"

"예, 귀가 들리지 않고, 말도 못 하는 에스파냐 사람으로 변장한 사람이 바로 조였어요."

"그렇다면 큰일이구나. 빨리 조가 잡혀야 할 텐데. 허크, 네 덕분에 더글러스 부인이 살았다고 이야길 해 주어야겠다."

"존스 할아버지, 제발 부탁이에요. 제가 그랬단 말을 절대 하지 말아 주세요. 저는 마을 사람들에게 좋은 인상을 주지 못하는 아이잖아요."

"허허 녀석, 그래도 그렇지. 알았다, 당분간 네 말대로 해 주마. 같이 아침이나 먹자꾸나."

존스 영감과 허크가 아침 식사를 끝내자 더글러스 부인과 마을 사람들이 존스 영감 집으로 왔습니다. 허크는 재빨리 몸을 숨겼습니다.

더글러스 부인은 존스 영감에게 연신 고개를 숙

였습니다.

"제 목숨을 구해 주셔서 정말 감사드려요."

"허허, 아닙니다. 저희들보다 더 감사해야 할 아이가 있답니다. 자기 이름을 절대 밝히지 말라고 부탁을 해서 알려 드릴 순 없습니다만, 그 아이가 아니었다면 우린 더글러스 부인 댁에 가지 못했을 것입니다."

"영감님, 도대체 그 아이가 누군가요? 제발 좀 가르쳐 주세요."

그러나 존스 영감은 입을 열지 않았습니다. 그 아이가 누구인지 궁금해서 모두들 애가 탔습니다. 모이는 사람들 사이에 그 아이의 이야기가 점점 화젯거리가 되었습니다.

The Adventures of Tom Sawyer

톰 소여의 모험

# 힘내라, 톰과 베키

일요일 교회로 가는 길에도 이름을 알 수 없는 용감한 아이에 대한 이야기가 화제였습니다.

베키 엄마가 활짝 웃으며 하퍼 부인에게 다가갔습니다.

"하퍼 부인, 안녕하세요? 우리 베키가 어제 하퍼 부인 댁에서 실례를 끼친 것은 아닌가요? 오늘 교회에 안 나온 걸 보면, 베키가 댁에서 아직도 잠을 자고 있나 봐요."

그 순간 하퍼 부인의 눈이 휘둥그레졌습니다.

"네에, 베키가요? 베키는 우리 집에 안 왔어요."

"지, 지, 지금 뭐라고 그러셨지요? 그럼 우리 베키는 지금 어디 있는 거예요?"

베키 엄마는 얼굴이 하얘지며 금방이라도 쓰러질 것만 같았습니다. 옆에 있던 폴리 이모도 마찬가지였습니다.

"우리 톰도 어제 안 들어왔어요!"

교회는 벌집을 쑤신 듯 야단법석이었습니다. 마을에는 비상종이 땡땡땡, 쉬지 않고 울려 퍼졌습니다. 구조대가 톰과 베키를 찾으러 동굴로 향했습니다.

한편 톰과 베키는 동굴 속으로 더 깊이 자꾸자

꾸 들어가고 있었습니다. 아이들이 다 돌아간 줄도 모른 채, 동굴 속 경치에 반해 자꾸만 앞으로 나아갔습니다.

폭포가 콸콸 소리 내며 떨어지고, 폭포 뒤로 돌계단이 나 있었습니다. 톰과 베키는 벽에 촛불 그을음으로 표시를 하면서 내려가기 시작했습니다. 지하 호수도 나왔습니다.

"우아, 동굴 속에 이렇게 아름다운 세상이 있다니. 톰, 정말 아름답다."

톰과 베키는 아름다움에 끌려 자꾸자꾸 동굴 속 세계로 나아갔습니다. 박쥐 떼가 나타나고, 양초도 얼마 남지 않게 되었습니다. 갑자기 무서움이 확 휘몰아쳤습니다. 톰이 메아리를 날렸지만 돌아오는 메아리는 유령의 목소리처럼 으스스하게 들렸습니다.

톰과 베키는 샘물 옆 바위에 앉았습니다. 베키가 울음을 터트렸습니다.

"이제 어떡하지? 우리가 동굴 속으로 들어온 지 얼마나 됐을까? 배도 너무 고파. 우린 죽게 될 거야, 그렇지 톰?"

"아니야, 베키. 힘을 내, 우린 분명히 돌아갈 수 있어. 그리고 지금쯤 수색대가 동굴 속으로 들어와 우릴 찾고 있을지도 몰라."

톰은 마지막 남은 과자를 베키에게 주었습니다. 양초도 어느새 다 타 버렸습니다. 톰은 계속해서 어둠 속으로 메아리를 날렸습니다.

어둠 속에서 얼마나 많은 시간이 지났는지 모릅니다. 어디선가 작은 소리가 들려왔습니다. 아주 작은 소리였지만 사람을 부르는 소리가 분명했습니다.

"베키, 이젠 살았어. 수색대가 틀림없어. 이제 우리 살았어!"

톰은 쉬지 않고 소리를 질렀습니다.

"우리 여기 있어요! 톰과 베키, 여기 있어요!"

톰은 베키의 손을 잡고 어둠 속을 더듬어 소리 나는 쪽으로 나아가기 시작했습니다. 그러나 마음만 나아갈 뿐, 발아래 푹 파인 구덩이가 여기저기 도사리고 있어 조금밖에 나아가지 못했습니다. 그러는 사이 사람들 소리도 점점 멀어져 아주 들려오지 않게 되었습니다.

톰은 목이 터져라 소리를 질렀지만 아무 소용이 없었습니다. 나중에는 목이 쉬어 목소리마저 나오지 않았습니다.

톰과 베키는 샘이 있는 곳으로 더듬더듬 되돌아왔습니다. 배고픔을 샘물로 달랬습니다. 지친 베

키는 톰의 무릎을 베자 곧 잠이 들었습니다. 톰도
스르르 잠이 들고 말았습니다. 얼마나 잤는지 기
억이 나지 않을 정도로 깊은 잠에 빠졌습니다.

베키는 눈을 뜨자마자 울기 시작했습니다.

"엄마, 보고 싶어. 엄마, 보고 싶어."

톰은 호주머니에서 연줄을 꺼냈습니다.

"좋아, 마냥 이렇게 앉아 있을 수만 없어. 찾아
보는 거야."

톰은 연줄을 샘물 옆 바위 모서리에 매어 놓고
한 걸음 한 걸음씩 나아가기 시작했

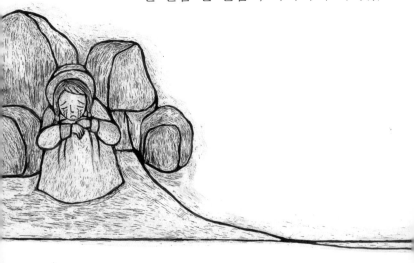

습니다. 얼마나 걸었는지 바로 앞쪽 바위 부분이
환해졌습니다. 그러더니 촛불 쥔 손이 바위 앞으
로 쑥 나왔습니다. 톰은 얼마나 놀라고 기뻤는지
모릅니다.

　그러나 곧바로 나타난 얼굴을 보자, 톰은 하마
터면 비명을 지를 뻔했습니다. 꿈에서조차 보기
싫은 인디언 조였습니다.

　'이젠 죽었구나!'

　톰은 부들부들 떨었습니다. 그런데 인디언 조는
재빨리 바위 뒤로 사라졌습니다.

'휴, 인디언 조가 날 못 본 모양이다.'

톰은 다시 샘물가로 돌아와 놀란 가슴을 다독거렸습니다.

'인디언 조가 왜 여기에 나타났을까? 혹시 보물을 이 동굴에 숨겨 놓기 위해서?'

톰은 다시 힘을 냈습니다. 샘물을 꿀꺽꿀꺽 마시고 일어섰습니다. 베키는 일어설 힘조차 없었습니다.

"톰, 난 여기서 기다리고 있을게. 난 죽을지도 몰라. 너라도 살아야지."

"베키, 난 절대 혼자 안 가! 우린 살아서 돌아갈 수 있어. 날 믿어."

톰은 베키의 이마에 입을 맞추고 손을 꼭 잡았습니다. 그리고 연줄을 풀며 어둠 속으로 한 걸음 두 걸음 나아갔습니다. 가다가 막히면 되돌아와서 다른 길을 택했습니다. 세 번째 길로 더듬더듬 나아가려고 할 때, 연줄이 다 풀려 더 이상 갈 수가 없었습니다.

"아, 이젠 나도 어쩔 수 없어. 힘이 없어 되돌아가지도 못하겠어. 베키야, 미안해."

톰은 금세 쓰러질 것 같았습니다.

그때였습니다. 어둠 속 멀리 희미한 빛이 보였습니다. 톰은 눈을 비비며 빛을 향해 기어가기 시작했습니다. 작은 구멍으로 빛이 들어오고 있었습니다. 톰은 정신없이 기어 구멍으로 머리를 내밀었습니다. 톰의 눈에 새파란 강이 보였습니다. 너무나 기쁜 톰은 꿈인가 싶어 자기 볼을 마구 꼬

집어 댔습니다.

"아, 꿈이 아니야. 베키야, 이젠 살았어!"

톰은 연줄을 따라 베키에게 되돌아왔습니다. 톰과 베키는 무사히 동굴을 빠져나왔습니다.

톰과 베키는 지나가던 배를 타고 마을로 돌아올 수 있었습니다. 마을의 종이 쉬지 않고 울려 퍼졌습니다.

"톰과 베키가 돌아왔어요! 톰과 베키가 돌아왔어요!"

마을은 잔치 분위기에 빠져들었습니다. 조와 같이 있었던 누더기를 걸친 사나이가 강물에서 죽은 시체로 발견되었다는 이야기도 들려왔습니다.

집으로 돌아간 베키는 끙끙 앓아눕고 말았습니다. 쉽게 나을 것 같지 않았습니다.

톰은 베키네 집으로 향했습니다. 베키 아빠가

반갑게 톰을 맞아 주었습니다.

"허허, 잘 왔다. 베키도 이제 곧 나을 거야. 그리고 동굴은 아예 입구를 두꺼운 철문으로 꽉 닫아 놓았다. 그것도 안심이 안 돼 3중으로 자물쇠를 잠가 놓았단다."

그 말을 듣는 순간, 톰의 얼굴이 하얗게 질리고 말았습니다.

"판사님, 그 동굴 속에 인디언 조가 숨어 있어요."

베키 아빠의 눈이 휘둥그레졌습니다.

"뭐, 뭐라고? 인디언 조가!"

보안관과 수색대가 급하게 동굴을 향해 떠났습니다. 톰도 함께 따라갔습니다. 철컥철컥철컥 동굴 문이 열리는 순간, 모인 사람들이 동시에 비명을 질렀습니다.

"인디언 조다! 인디언 조가 쓰러져 있다."

인디언 조가 바닥에 엎드린 채 쓰러져 있었습니다. 오랫동안 아무것도 못 먹어 굶어 죽은 것이었습니다.

조의 시체는 동굴 입구 가까이에 묻혔습니다.

The Adventures of Tom Sawyer

톰 소여의 모험

## 십자가 아래 2호의 비밀과 보물

이튿날 아침, 톰은 허크를 만나러 갔습니다.

"허크, 그 여관의 2호실 있잖아. 돈은 그곳에 없
어."

"톰, 그게 무슨 말이야? 그렇다면 돈이 어디에
있는지 넌 알고 있다는 거야?"

"그래, 돈은 동굴 속에 있어."

"동굴 속에 숨겨져 있다고? 세상에 이럴 수가! 그런데 톰, 네가 어떻게 그걸?"

"허크, 동굴 속에서 조를 보았어. 조가 무엇 때문에 동굴에 나타났겠어? 분명해, 동굴 속에 숨겨 놓았을 거야. 어서 찾으러 가자."

톰과 허크는 빵과 고기, 연줄, 양초, 칼, 작은 자루 등을 준비해서 강가로 나갔습니다. 주인이 없는 틈을 타서 작은 배를 타고 노를 저어 동굴 쪽으로 향했습니다.

"바로 저기야! 숲으로 가려진 곳, 베키와 내가 빠져나왔던 곳이야."

톰과 허크는 배에서 내려 동굴 쪽으로 올라갔습니다. 톰은 연줄을 풀면서 동굴 속으로 부지런히 걸어갔습니다. 허크는 양초에 불을 당겨 톰이 가는 길을 환히 밝혀 주었습니다.

한참 후, 샘물가에 도착했습니다. 베키
와 함께 고생했던 장면이 떠올라 톰은 가슴이 아
팠습니다. 이번엔 톰이 양초를 높이 들고 조를 보

았던 곳으로 조심조심 나아갔습니다.

"허크, 저 동굴 벽을 잘 봐. 바위에 촛불 그을음으로 무엇인가 그려져 있지?"

"톰, 십자가다! 아하, 이제 알겠어."

"그래, 2호는 여관방이 아니었어. 인디언 조가 유령의 집에서 했던 말 기억나? 2호는 십자가 아래라고 했던 말."

"그래그래, 기억나. 자, 어서 내려가자. 조심조심."

톰과 허크는 십자가가 그려져 있는 바위 아래로 내려갔습니다. 바위 아래엔 담요와 음식 찌꺼기들이 흩어져 있었습니다.

"허크, 이 부근이 분명해."

톰은 칼을 꺼내 땅을 파기 시작했습니다. 한참 후, 칼끝에 무엇인가 부딪치는 느낌이 왔습니다.

"허크, 나무판자 같은 느낌이 들어."

나무판자를 들어내자 좁은 길이 나타났습니다.
톰과 허크의 가슴이 쾅쾅 뛰놀기 시작했습니다.
구불구불한 길을 따라 요리조리 모퉁이를 돌던
톰이 소리쳤습니다.

"허크, 드디어 찾았어. 이곳이 바로 2호실이야,
만세!"

뒤따라온 허크도 만세를 불렀습니다.

동굴 속 작은 방에는 보물 상자와 총, 빈 화약통, 허리띠, 구두 등이 흩어져 있었습니다. 보물 상자 속에는 금화가 가득가득 들어 있었습니다.

"야호, 이제 우린 부자다! 톰, 어서 보물 상자를 들고 나가자."

그러나 보물 상자는 너무 무거워 도저히 들고 갈 수가 없었습니다.

"참, 허크. 작은 자루 가지고 왔지?"

톰과 허크는 금화를 작은 자루에 담아 십자가가 그려진 곳까지 옮겼습니다. 어깨에 올린 돈 자루가 너무나 무거웠습니다. 낑낑끙끙 헉헉헉, 그렇지만 기분은 무척이나 좋았습니다.

"톰, 다른 물건도 가지고 나가자."

"아냐, 허크. 그냥 두고 가자. 나중에 우리들이 이곳에서 산적놀이를 할 때 필요할 거야."

"산적놀이?"

"그래, 산적은 해적보다 훨씬 멋있어. 알았지? 자, 어서 나가자."

톰과 허크는 연줄을 따라 무사히 동굴을 빠져나왔습니다.

어둠이 내려오자 톰과 허크는 배를 타고 마을로 향했습니다.

"허크, 우선 돈은 가까운 더글러스 아주머니네 헛간 다락에 감추고 가자. 그리고 내일 만나서 똑같이 나누어 갖는 거야. 잠깐 기다리고 있어. 내가 얼른 손수레를 가지고 올 테니까."

톰은 금방 손수레를 구해 돌아왔습니다. 손수레에 두 개의 돈 자루를 싣고, 그 위에 낡은 보자기를 덮었습니다.

"킥킥킥, 이렇게 하면 아무도 모를 거야. 자, 어

서 가자."

언덕을 오르는 길에 존스 영감을 만났습니다.

"그래, 마침 잘 만났다. 어서 날 따라와라. 더글러스 부인 댁에 너희를 기다리는 사람들이 모여 있단다."

"네에? 사람들이 저희를 기다린다고요, 왜 저희들을 기다리는데요?"

"허허, 가 보면 안다. 어서 가자. 그런데 손수레 속에 무엇이 들었니?"

"네, 못 쓰는 쇳덩어리들이에요."

톰과 허크는 서로 눈짓을 교환하며 큭큭 웃음을 터트렸습니다. 존스 영감은 손수레를 더글러스 부인 집 대문 안에 세워 놓았습니다.

톰과 허크는 응접실로 들어갔습니다. 더글러스 부인이 따스한 미소로 반겨 주었습니다. 응접실엔 마을의 높은 어른들이 모여 있었습니다. 폴리 이모의 모습도 보였습니다.

더글러스 부인은 이층으로 톰과 허크를 데리고 갔습니다.

"너희들의 속옷부터 겉옷까지 다 새것으로 준비해 놓았다. 깨끗이 씻고 내려오너라."

톰과 허크는 말쑥하게 차려입고 아래층으로 내려갔습니다. 어른들이 식탁에 앉아 톰과 허크를 기다리고 있었습니다.

존스 영감이 일어나 인사를 했습니다.

"저와 제 아들을 이 파티의 주인공으로 초대해 주셔서 감사합니다. 그러나 여기에 또 한 사람, 그날 위험을 알려 준 주인공이 있습니다. 바로 허크입니다. 허크야말로 오늘의 진짜 주인공입니다."

더글러스 부인은 한없는 고마움을 얼굴에 나타내며 일어섰습니다.

"용감한 허크를 제 아들로 삼아 훌륭한 사람으로 키우고 싶습니다."

박수 소리가 집 안에 울려 퍼졌습니다. 톰이 벌떡 일어섰습니다.

"허크는 남의 도움이 필요하지 않습니다. 허크

는 이제 부자이니까요."

폴리 이모가 깜짝 놀라며 얼굴을 찡그렸습니다.

'어휴, 저 말썽꾸러기. 도대체 말도 안 되는 소릴 이런 자리에서 하다니…… 제정신이 아니야, 하나님 맙소사.'

폴리 이모는 톰을 노려보았습니다.

톰은 낑낑거리며 손수레에서 돈 자루를 들고 왔습니다. 그리고 탁자 위에 와르르 쏟았습니다.

"자, 보세요. 제 말이 거짓말이 아니죠? 이 절반은 허크의 몫이에요. 나머지 절반은 제 몫이고요."

잠시 후 톰은 그동안 있었던 일을 자세하게 설명했습니다. 어른들은 벌어진 입을 다물지 못했습니다. 탁자 위의 돈은 1만 2천 달러가 넘는 어마어마한 돈이었습니다.

The Adventures of Tom Sawyer

톰 소여의 모험

# 멋진 산적이 될 거야

 톰과 허크의 모험 이야기는 마을은 물론 이웃 마을까지 멀리 퍼져 나갔습니다. 신문에서도 톰과 허크의 모험 이야기를 크게 실었습니다. 신문을 보고 보물을 찾으러 나서는 사람들도 생겨났습니다. 유령의 집은 수없이 파헤쳐져 모습을 알아볼 수 없을 정도가 되고 말았습니다.

그리고 베키 아빠는 톰에게 많은 관심을 갖게 되었습니다.

"톰은 커서 훌륭한 사람이 될 거야. 어떻게 그 무서운 동굴에서 우리 딸을 구해 낼 수 있었을까? 어른들조차 하기 어려운 일을……. 그리고 베키야, 학교에서 있었던 그게 무슨 일이라고 그랬지?"

"아빠, 제가 잘못했는데도 톰이 저 대신 나서서 선생님께 매를 맞았어요."

"그래그래, 그건 죽어도 잊지 못할 정말 감동적인 이야기다. 톰은 나중에 크게 될 인물이 확실해."

한편 허크는 더글러스 부인 집에서 깔끔한 허크로 다시 태어나고 있었습니다. 매일 세수를 하고 잠은 침대에서 자고, 학교와 교회에도 다니게 되었습니다.

그러던 어느 날, 허크가 감쪽같이 사라지고 말았습니다. 더글러스 부인은 허크를 찾아 나섰지만 도무지 찾을 수가 없었습니다.

사흘째 되는 날, 더글러스 부인이 톰을 찾아왔습니다.

"톰, 우리 허크가 어디에 있을까? 잘못되기라도 하면 난 못 살아. 어쩜 좋니?"

"너무 걱정하지 마세요. 제가 더 찾아볼게요."

문득 톰의 머릿속에 반짝 스쳐 가는 것이 있었습니다. 오래전, 마을 끝 잡초 더미 통 속에서 잠자던 허크의 모습이었습니다.

"큭큭큭, 틀림없이 그 더러운 통 속에서 옛날처럼 지내고 있을 거야."

톰은 마을 끝으로 뛰었습니다.

아니나 다를까, 허크는 통 속에서 예전처럼 생

활하고 있었습니다. 땟국이 줄줄 흐르는 얼굴에 부스스 헝클어진 머리를 하고 있었습니다.

톰은 허크의 손을 잡아끌었습니다.

"허크, 더글러스 아주머니가 얼마나 걱정하고 있는지 알기나 해? 자, 어서 가자!"

"톰, 나도 아주머니가 좋아. 엄마처럼 느껴질 때도 많아. 그렇지만 세수하고 빗질하고 화려한 옷을 입는 것은 정말 싫어. 게다가 교회에도 가야지, 학교에도 가야지, 남들 앞에서는 하품도 신나게 못 하게 하지. 모든 것이 내겐 '하지 마라'야. 난 그런 게 싫어. 이게 다 돈 때문에 생긴 일이야. 톰, 내 돈도 네가 다 가져."

"허크, 조금만 참고 견디면 모든 게 좋아질 거야. 정말이야."

"난 부자 같은 거 싫어. 난 숲이 좋고 강이 좋고

동굴이 좋아. 그리고 우리만이 아는 동굴도 있잖아. 거기에서 산적 생활을 하는 게 차라리 더 편해."

"야, 허크. 나 있지, 멋있는 산적단을 만들 거야."

톰의 말을 듣고 허크의 두 눈이 반짝 빛나기 시작했습니다.

"뭐라고? 톰, 그 말 정말이지?"

"그렇고말고. 그런데 허크, 네가 점잖고 훌륭한 사람이 되지 않는다면 어림없는 일이야, 알겠어?"

톰은 두 눈을 똑바로 뜨고 입술을 꾹 깨물었습니다. 그런 톰의 모습에 허크는 당황했습니다.

"톰, 지난번엔 해적단에 말없이 넣어 주었잖아."

"허크, 산적과 해적은 하늘과 땅 차이야. 산적은 해적보다 더 예절 바르고 훌륭한 사람만이 될 수 있어. 생각해 보렴. 톰 소여 산적단에 아주 형편없는 허크가 끼어 있어, 이런 말을 들으면 나쁜 아니라 산적단 모두가 화를 낼 거야. 안 그래, 허크?"

허크가 입술을 꾹 깨물었습니다. 두 눈이 활활 타오르기 시작했습니다.

"좋아, 톰. 그러면 더글러스 아주머니 댁으로 돌아갈게. 훌륭한 산적단이 되기 위해서 다시 열심

히 노력할게."

"정말이지? 한 입으로 다른 말 하기 없기다. 나도 널 열심히 도와줄 거야. 걱정하지 마."

톰과 허크는 두 손을 꽉 잡으며 힘차게 웃었습니다.

"톰, 그런데 언제쯤 산적을 모집할 거야?"

"오늘 밤에라도 당장!"

"야호, 허크는 오늘 밤 멋진 산적이 된다!"

톰과 허크는 손을 잡고 소리치며 더글러스 부인 집을 향해 힘차게 뛰기 시작했습니다.

## 마크 트웨인
### (Mark Twain, 1835~1910)

마크 트웨인은 1835년 미국 미주리주의 플로리다에서 태어났습니다. 마크 트웨인의 본명은 새뮤얼 랭혼 클레멘스이고, 마크 트웨인은 필명입니다. 필명이란 글을 쓸 때 작가가 즐겨 쓰는 또 다른 이름을 말합니다. 신문기자로 활동하면서부터 마크 트웨인이란 필명을 사용했다고 합니다.

마크 트웨인은 네 살 때 가족과 함께 미시시피강 근처의 작은 마을인 해니벌로 이사를 가 어린 시절을 보냈습니다. 어린 시절부터 미시시피강을 무대로 생활하고 뛰놀았던 경험이 이 책 『톰 소여의 모험』에 큰 영향을 끼쳤습니다.

열두 살의 어린 나이에 아버지를 여읜 마크 트웨인은 학교 교육을 제대로 받지 못했습니다. 가족의 생계를 도와야 했던 마크 트웨인은 열여덟 살이 되자 해니벌을 떠나 여러 도시를 떠돌며 고생을 했습니다. 그러면서도 도서관에서 많은 책을 읽으며 지식을 쌓았습니다.

후에 마크 트웨인은 신문기자로 활동하면서 글을 쓰기 시작하였습니다. 유머러스한 단편 「캘리베러스의 명물 도약 개구리」와 유럽·팔레스타인 등을 여행하고 쓴 기행문 『철부지의 해외여행기』로 세계적으로 유명한 작가가 되었습니다.

흥미진진한 모험 이야기로 가득 찬 『톰 소여의 모험』은 1876년 출간되었습니다. 출간되자마자 미국은 물론 세계 여러 나라의 독자들에게 읽혔으며, 현재까지도 변함없는 사랑을 받고 있습니다.

그의 대표작으로는 우리가 잘 아는 『왕자와 거지』, 『허클베리 핀의 모험』 등이 있습니다.